MON RAYON DE SOLEIL

NORMA KLEIN

MON RAYON DE SOLEIL
roman

Super Sellers

Données de catalogage avant publication **(Canada)**

Klein, Norma, 1938 -
Mon rayon de soleil
(Super Sellers)

Traduction de : *Sunshine*
I. Titre.
PS3561.L34S9614 1991   813'.54   C91-096421-1

Titre original : *Sunshine*
© The Jennifer Elizabeth Helton Trust, 1971
Alskog, Inc., 1971
Universal City Studios, Inc., 1973
Avon Books, 1974

© 1991, Les éditions Flammarion ltée
pour la traduction française
ISBN 2-89077-073-7

Photo de couverture : Superstock

Micro-édition : Concept Éditique

Dépôt légal : 2ᵉ trimestre 1991

PREMIÈRE PARTIE

C'est drôle mais quand les gens vous mentent, on s'en aperçoit toujours. Ils ne mentent pas vraiment, je ne veux pas dire ça, bien sûr. Mais ce médecin, le Dr Thompson, — Seigneur, je suis déjà allée le consulter quatre fois, pour cette bosse sur ma jambe, et chaque fois, il me raconte une autre histoire. D'abord, c'était le bébé. Jill a six mois maintenant et j'ai à peu près retrouvé ma silhouette normale. Je suis plutôt maigre en général, mais quand j'étais enceinte, j'avais énormément grossi. Beaucoup trop. Alors il a prétendu que c'était mon embonpoint qui me fatiguait. L'appartement où nous habitons, Sam et moi, est au deuxième, et porter dans l'escalier le bébé, plus mes kilos de graisse, avait tout déclenché, selon lui.

Ce n'est pas ça. Même moi, je le sais. Il n'y a que deux étages à grimper et Jill n'est pas tellement lourde. Enfin, je veux dire, elle l'est maintenant, mais elle ne l'était pas à l'époque. J'ai l'impression qu'il ne sait pas ce que j'ai, alors il invente n'importe quoi. Avouez simplement que vous ne savez pas, j'ai envie de lui dire.

Et puis une autre fois, c'était le climat froid le responsable. Bon, d'accord, il fait froid, mais chez nous, nous sommes assez bien chauffés. Non, il paraît que je sens le froid dans mes articulations et que c'est pour ça que je suis raide. Attendez que le temps se réchauffe, dit-il. Bon, j'attendrai. Il n'y a pas d'autre solution, d'ailleurs. Mais les piqûres qu'il me fait sont douloureuses et je ne crois pas qu'elles servent à grand-chose. Ma jambe me fait toujours aussi mal. C'est idiot, je sais bien, de détester tellement les piqûres. J'ai toujours eu horreur de ça quand j'étais gamine. À l'école, on nous faisait mettre en rang pour nous vacciner, et le pire, c'était de ne pas être dans une pièce à part pour pouvoir brailler et s'époumoner. Non, il fallait rester plantée là devant toutes vos petites copines qui vous regardaient. Je haïssais ces séances.

J'ai une bursite, voilà ce qu'il dit. Un genre d'arthrite. Mais c'est une maladie de vieux ça ! Ma tante May souffrait d'une bursite, mais elle avait quelque chose comme soixante ans. J'en ai dix-neuf ! Oh, il ne sait pas ce qu'il dit. L'ennui, c'est que dans la ville où nous habitons, il n'y a pas tellement de docteurs et je ne veux pas aller en consulter un qui soit trop cher. Où trouverait-on l'argent ? Je ne touche pas de pension de David, je n'en voudrais pas d'ailleurs, et Sam,... il a mis un peu d'argent de côté depuis deux ans, à faire des petits boulots à droite et à gauche, à travailler dans des stations-essence et des trucs de ce genre. Mais il ne veut plus faire ça. Il veut essayer de gagner sa vie avec sa guitare. C'est sa passion, — surtout la *country music*. Et il a du talent, il est vraiment doué. Je sais qu'il arrivera, si seulement on lui donne sa chance.

Quand j'arrive à la maison, Sam est là, assis sur le lit avec Weaver. Ils sont en train de répéter. J'aime regarder Sam quand il joue de la guitare. Son visage devient tendre et pensif, on voit qu'il adore jouer. Weaver, — alors, lui c'est autre chose ! C'est mon cousin et je n'ai pas trop de sympathie pour lui. Du genre plutôt sarcastique, il vous donne toujours l'impression que vous venez de faire ou de dire une idiotie. Il est comme ça, Weaver. Il pense qu'à cause de moi, Sam n'a pas suffisamment de temps pour s'exercer, qu'il ne met pas tout son cœur et toute son âme dans sa musique. Ce n'est pas vrai, d'ailleurs, mais même si ça l'était... L'amour aussi, c'est important, non ? On ne peut pas jouer de la musique toute la journée. Weaver pense que je suis jalouse. Mais c'est injuste de dire ça. J'ai ma petite chérie, mon chaton, Jill, ils peuvent bien avoir leur fichue musique.

Aïe, elle commence à être vraiment lourde, cette grosse loche ! Je la rentre de la cour et lui enlève sa combinaison matelassée. J'adore les bébés ainsi emmitouflés avec leur visage tout rond, leurs joues rouges comme des pommes d'api. On dirait des petits eskimos.

— Dites donc, c'est chouette ! je leur crie. Quand je serai riche, je vous engagerai comme musiciens !

Weaver continue à jouer comme si je n'étais pas là.

— Le chorus n'est pas au point, dit-il à Sam.

Oh, trouve-toi une fille, Weaver ! Apprends ce que c'est que d'être jeune et amoureux, espèce d'abruti ! Je devrais le plaindre, je suppose. S'il n'était pas aussi désagréable avec moi, je pourrais peut-être.

Je vais dans la cuisine ouvrir une boîte de haricots pour le dîner. Nos repas sont simples, — haricots, hamburgers. Ça ne me gêne pas. J'aime bien la bonne nourriture, mais c'est très bien ainsi. Nous avons tout le reste, alors nous pouvons nous passer de steaks. Je me dis quelquefois que si nous avions tout, ce serait trop. Nous avons tellement plus que la plupart des autres, de toute façon. Que la plupart ont jamais eu. Je le sais, en partie, je suppose, parce que j'ai été mariée une fois et que ça ne marchait pas, alors je sais ce que c'est, le bonheur. Je crois que des tas de gens n'y accèdent jamais. Bien des filles seraient restées avec David en croyant que c'était ça, la vie, et qu'il ne fallait rien espérer d'autre. Mais je sentais qu'il y avait davantage. Je le savais d'instinct. Je suis sûre qu'il faut se fier à son instinct, pour ce genre de choses.

— Alors, bébé, le verdict du médecin ? me lance Sam.

— Oh, un truc quelconque... une bursite.

— Qu'est-ce qu'il t'a donné, comme remède ?

— Une piqûre... ça m'a fait mal.

— Je croyais qu'il t'avait déjà fait une piqûre la dernière fois et que ça n'avait servi à rien ?

— Oui, mais cette fois, il pense que ça va marcher... Demain, je pourrai courir le cent mètre avec l'équipe olympique.

— Il sait ce qu'il fait, ce type, au moins ? demande Sam. Il n'arrête pas de te faire ces piqûres.

Je souris. J'adore taquiner Sam.

— Eh bien, si tu veux tout savoir, on est en pleine idylle, lui et moi, et on s'est dit que tu ne t'apercevrais de rien si je continuais à me faire soigner pour mon genou.

Poussant un rugissement, Sam bondit du lit et se rue dans la cuisine où il se met à m'embrasser, à me serrer contre lui en riant comme un fou. Il est costaud et sa barbe me pique. Ah, je l'adore, ce gros ours.

Il fait signe à Weaver de s'en aller et Weaver prend l'air écœuré.

— Tu devrais être plombier, mec, pas musicien, dit-il.

Mais il part. Bon débarras, mon vieux. Nous nous roulons sur le lit, nous nous embrassons, nous nous enlaçons. Jill nous regarde, intriguée, ne sachant pas ce qui se passe. Sam la soulève et la pose sur le lit avec nous. J'ai maintenant l'impression que tout ce que j'aime le plus au monde est avec mois sur ce lit, mon bébé, mon bonhomme ! Nous rions tous les trois, tapis au creux de l'édredon. J'ai vu une fois une statue représentant un homme, une femme et un enfant, mais ils ne faisaient qu'un, sculptés en un seul bloc, et c'est ce que je ressens quand nous sommes ainsi ensemble. Nous ne formons qu'une seule et même personne.

Ça m'embêtait au début que Sam ne soit pas le père de Jill. Je veux dire, je pensais qu'il ne pourrait pas l'aimer comme s'il avait été vraiment son père. Mais ça n'est pas le cas. Il est si gentil avec elle, si doux, si patient. Il raconte maintenant qu'il se serait mis avec moi rien qu'à cause d'elle, mais quand nous nous sommes connus, elle n'était pas encore née. Seulement elle était dans mon ventre, elle faisait partie de moi. Sam ne m'a pas connue avant Jill, en un sens. Il m'a toujours connue heureuse. Si nous nous étions rencontrés à l'époque où j'étais avec David, je suppose qu'il ne m'aurait pas trouvée tellement formidable. J'étais toujours d'une humeur de chien, je me plaignais sans arrêt. J'estime maintenant que je n'avais pas tellement tort. Les gens méritent d'être heureux et s'ils ne le sont pas, ils ont le droit de se sentir floués. Évidemment, qui m'avait forcée à l'épouser, à seize ans en plus ? Personne, bien sûr. J'avais choisi et mal choisi. Je voulais surtout fiche le camp de chez moi, c'était là la principale raison.

Et David n'est pas un monstre. Il est... eh bien, il est beaucoup moins bohème que Sam, par exemple. Il est allé au collège et il était déjà étudiant en géologie quand j'ai fait sa connaissance. Il me paraissait si adulte, si mûr. Les autres garçons que je rencontrais ne connaissaient rien à rien. Peut-être parce qu'ils vivaient dans une petite ville — Three Forks — mais aussi parce qu'ils étaient tellement jeunes. David me faisait l'effet d'un type solide. J'ai été vraiment flattée quand il m'a remarquée. Et il m'écoutait lorsque je parlais, — j'étais un vrai moulin à paroles à l'époque. Il m'écoutait, comme s'il accordait de l'importance à mes propos et me trouvait intelligente. Ce n'était pas un monstre, David. Maintenant que j'ai Sam, je lui en veux moins, je crois. Un jour peut-être, il rencontrera la fille qu'il lui faut et il sera heureux. Je n'étais pas la fille qu'il lui fallait, tout simplement. Il n'a jamais été heureux avec moi. Il prétendait l'être. Il disait qu'il ne voyait vraiment pas de quoi j'avais à me plaindre, mais en fait il le savait très bien ; seulement il ne voulait pas l'admettre. C'est un être lent, circonspect, qui prend tout son temps pour se décider, mais qui a horreur ensuite de reconnaître qu'il s'est trompé.

Vous aurez peut-être du mal à le croire, mais David n'a jamais voulu coucher avec moi avant notre mariage. Il trouvait que j'étais trop jeune, s'inquiétait de ce que mes parents allaient dire. Il est comme, le type correct, quoi. Nous avions des scènes insensées où je lui disais : « Oh, écoute, pourquoi pas, on est fiancés et tout ça », mais il disait : « Non, il faut attendre ». Je crois que ça aussi ça me plaisait chez lui, bien que ça semble un peu dingue. Je veux dire, la plupart des autres gars, ils ne pensent qu'à ça, qu'ils vous aiment ou pas, et lui il m'aimait vraiment et il voulait attendre. Je trouvais ça formidable, dans le fond.

Ce qui m'a vraiment mise en rogne, plus que ça d'ailleurs, ce qui m'a vraiment blessée, c'est que maman m'a traitée de « petite putain » quand je lui ai annoncé que nous allions nous marier. Elle était sûre que j'étais enceinte ! Mais je ne l'étais pas ! Seigneur, j'étais même vierge, entre autres parce que, aussi loin que remontent mes souvenirs, elle nous avait répété sur tous les tons — nous étions quatre, toutes des filles — qu'il fallait absolument arriver vierge au mariage. Et je voulais lui faire plaisir. J'étais comme une petite fille, à cet égard. D'ailleurs, j'étais une petite fille, — seize ans tout juste. Non pas que dix-huit ans, ça soit bien vieux, mais maintenant, comme j'ai été mariée et que j'ai eu Jill, je me sens tellement plus vieille. Beaucoup plus que si deux ans et demi seulement s'étaient écoulés. Et puis, j'avais vécu chez moi toute ma vie, sauf un été où j'avais fait une fugue à l'âge de quatorze ans. Et quand maman a dit ça, j'ai été effondrée. J'avais fait exactement ce qu'elle avait voulu, et pourtant, elle n'avait pas confiance en moi, elle ne m'aimait pas. Pourquoi ?

C'est dingue, vraiment, mais maman, en réalité, ne m'a jamais aimée. Et j'ai toujours le sentiment que j'ai dû faire quelque chose d'horrible pour mériter ça. Je préfère encore penser que j'ai fait quelque chose d'horrible plutôt que de croire que c'est comme ça, sans aucune raison. Le plus drôle, c'est qu'en fait elle se retrouve en moi. Je lui ressemble, plus que les autres. J'ai de longs cheveux noirs, comme elle, et bon sang, je suis jolie. J'ai toujours été « la plus jolie », mais j'ai son côté un peu insolent, forte tête. Je suis, comme elle, plutôt émotive, je dis ce que je pense. Je fais ce que je veux. Winona — c'est ma sœur aînée, — est une personne calme, solide, elle tient plus de papa. Elle n'est pas mariée, elle habite New York maintenant et elle est étudiante en biologie. C'était ma préférée parce qu'elle était comme une mère pour moi, si gentille, si douce. Quand papa ou maman étaient méchants avec moi, je me réfugiais auprès de Winona. Elle ne prenait pas toujours mon parti, mais elle se montrait pleine de gentillesse. Nous étions pourtant très différentes l'une de l'autre. Mais elle aimait la terre, comme moi, — c'était encore un lien entre nous, surtout après que j'ai grandi. Je crois que maman respectait Winona, bien qu'elles n'aient jamais été vraiment proches l'une de l'autre. Winona était tellement intelligente, elle faisait un peu peur à maman.

La suivante, c'est Darleen, qui a deux ans de moins que Winona. Elle est mariée maintenant, elle a quatre gosses et elle habite tout près de chez papa et maman. Son mari, Joe, travaille dans une quincaillerie. Pour je ne sais quelle raison, maman et Darleen ont toujours été comme les deux doigts de la main. Elles s'entendaient presque comme deux copines de classe, toujours à chuchoter ensemble, à se serrer l'une contre l'autre. Je me sentais tellement délaissée quand elles étaient ensemble. Même maintenant qu'elle est mariée, Darleen vient trouver maman pour n'importe quoi, et je dis bien n'importe quoi ! Maman va même chez elle une fois par semaine pour l'aider à se faire une mise en plis et à se teindre les cheveux de cette atroce couleur jaune. Et elles échangent des recettes, en vraies petites femmes d'intérieur.

14

Je me demande quelquefois ce qui arriverait à Darleen si maman mourrait ou même si elle allait vivre ailleurs, ce qui ne risque guère d'arriver dans un avenir immédiat. Mais je crois que Darleen perdrait complètement les pédales. Et ça doit être ça qui plaît tellement à maman : sentir qu'on a besoin d'elle. Je veux dire, moi aussi j'avais besoin d'elle, mais je n'ai jamais pu le montrer de la même façon. Si je sais que quelqu'un m'aime, comme Sam par exemple, je peux le montrer, mais je hais l'impression de devoir demander son amour à quelqu'un ; c'est trop humiliant.

Pat est la petite dernière ; elle est plus jeune que moi. Je suis l'enfant du milieu, en quelque sorte. Je pense que maman a eu Darleen et Winona et s'en serait peut-être tenue là, mais papa avait vraiment envie d'avoir un garçon, alors ils se sont obstinés. Je trouve ça stupide. Jamais, jamais je n'aurais un bébé si je n'étais pas sûr de l'aimer malgré tout. Et peu importerait ce que pourrait dire mon mari ou n'importe qui d'autre. Je suis donc arrivée et tout le monde a été très déçu, je suppose. Et j'étais une de ces gamines remuantes et délurées qui touchent à tout et sèment la pagaïe autour d'elle. Winona et Darleen, elles, étaient sages comme des images toutes les deux. Après tout, je n'apportais peut-être pas à ceux qui m'entouraient un bonheur sans mélange. Quand Pat est née, je pense que maman s'était fait une raison finalement. Elle était résignée à l'idée de ne pas avoir de garçon. Pat est petite, menue, toute pâle, — depuis sa naissance, elle a toujours eu quelque chose qui clochait. Elle a dû commencer à porter des lunettes depuis l'âge de trois ans, elle a vraiment une très mauvaise vue, sans lunettes, elle est presque aveugle. Elle était donc le chouchou de toute la famille. Je l'adore. J'étais très méchante avec elle, je crois bien, quand nous étions petites. Ça m'énervait de l'avoir toujours dans les pattes et je lui donnais toujours le rôle du chien ou du bébé dans nos jeux. Mais en même temps, j'avais envie de m'occuper d'elle, de la dorloter. Je l'aime vraiment beaucoup.

15

Je n'aime pas la nuit. La nuit, il semble que tout ce qui s'est mal passé dans la journée, toutes les inquiétudes qui m'assaillent mais que je réussis à refouler, reviennent insidieusement à la charge. Pas toujours, mais quelquefois. Comme cette nuit où je me suis endormie et où j'ai eu un cauchemar. Tout était mélangé, confus — mes rêves ne sont jamais clairs — mais le docteur me disait quelque chose de terrible sur ma jambe, m'annonçait que j'allais mourir, et je me suis réveillée, affolée. C'était tellement réel !

Sam dort, — il dort toujours comme un loir. Jill est dans son berceau et dort elle aussi. Ça m'ennuie de réveille Sam, c'est vraiment injuste. Mais je me sens abandonnée, j'ai tellement peur, assise dans le lit, à être la seule éveillée.

Finalement, je le pousse légèrement et je chuchote :

— Sam ?

Il ouvre les yeux et me prend dans ses bras, comme j'en avais envie. Oh, je me sens mieux, mais plus mal aussi en même temps. Je pleure. Je savais que j'allais pleurer.

— Il se trompe Sam, dis-je. Ce docteur... C'est quelque chose de bien pire... Je le sais.

Il me caresse la tête.

— Ma chérie... je t'en prie...

C'est tellement merveilleux d'être là avec lui.

— Chht... fait-il. Ne réveille pas Jill...

— Mais j'ai fait ce rêve...

— Les rêves ne veulent rien dire.

Il a raison, je le veux ! Oh, je sais, si vous me demandiez le matin, est-ce que les rêves ont une signification, je dirais non, bien sûr, c'est idiot de penser ça ! Mais maintenant... tout ça paraît tellement réel. Je peux presque me rappeler le visage du médecin.

Sam se rendort, me tenant toujours dans ses bras. Il est si tendre avec moi, si bon. Est-ce que je suis trop heureuse ? Oh, c'est absurde, je donne dans la superstition ! Je me rappelle, quand j'étais petite et que j'avais peur du noir, j'allais dans la chambre de mes parents. Ils n'aimaient pas ça, alors je ne leur disais même pas que j'étais là. Je me faufilais au pied du lit et j'y restais blottie jusqu'à ce que je me sente un peu rassurée. Une nuit je me suis endormie et j'ai mouillé le lit et papa s'est réveillé. Il était vraiment furieux contre moi.

Jill, je ne te ferai jamais ça. Je te laisserai venir dans mon lit chaque fois que tu voudras. Et ça m'est bien égal si tu le mouilles. Tu as peur, c'est tout, et quand les bébés ont peur, ils font pipi dans leurs culottes. Je déteste la façon dont Darleen traite ses enfants, — exactement comme maman nous traitait, je suppose, très stricte, et établissant des règles idiotes qui ne riment à rien. Je veux que Jill soit libre, ce que je n'ai jamais été.

C'est un bébé tellement merveilleux. Je regrette l'époque où elle se réveillait la nuit parce qu'elle voulait téter. À six semaines à peines, elle dormait déjà toute la nuit sans bouger, comme un ange ! Mais moi, j'aimais bien me lever pour l'allaiter. Tout était si tranquille... Je l'amenais dans le lit avec moi, je m'accotais contre mon oreiller et elle se mettait à téter tranquillement. Sam dormait à côté de moi. Je n'avais jamais peur dans ces moments-là, bien qu'il fasse nuit. Je me sentais bien, si paisible, si heureuse...

J'ai toujours eu envie d'avoir un bébé, surtout une petite fille, mais je m'étais toujours demandé également si ce serait aussi merveilleux qu'on le disait. Tant de choses sont décevantes à l'usage. Tant de choses qu'on monte en épingle avec ce faux romantisme que je déteste. Je me demandais donc si je ne serais pas déçue quand j'aurais un bébé. Mais non, c'était formidable. Pas seulement de lui donner le jour, mais de l'allaiter, de la tenir. Je veux la nourrir au sein jusqu'à ce qu'elle ait un an. Quand ses dents commenceront à pousser, je suppose que ça me fera un peu mal, mais elle n'a pas encore de dents, elles sont en retard, je suppose. Parfait. Qu'elles prennent leur temps.

Réveille-toi, Jill, réveille-toi et rassure-moi. Laisse-moi te prendre dans mes bras. Non, je ne peux pas la réveiller pour qu'elle me réconforte, ce serait trop égoïste. Je me contente de la regarder. Elle dort sur le ventre. Elle suce son pouce quand elle dort, mais maintenant il est juste devant ses lèvres, comme s'il lui avait jailli de la bouche pendant qu'elle dormait. Sa grosse tête ronde, son petit derrière qui pointe... Mon chaton. Ne fais pas de mauvais rêves. Mais si tu en fais, viens me trouver et je te prendrai dans mes bras. Toujours. Je ne te dirai jamais que tu es trop grande pour ça.

Les montagnes sont si belles en ce moment... C'est le printemps, mais il y a encore de la neige, d'un blanc presque bleuté. Sam et moi chahutons, nous battons à coups de boules de neige. Ce que j'aime, c'est qu'avec Sam, je peux encore me conduire comme une gamine. J'ai l'impression quelquefois d'être une adulte, à cause de Jill et tout ça, mais souvent, j'ai seulement envie de m'amuser, de faire l'idiote. Avec David, je devais toujours me montrer sérieuse, ne pas être moi-même. Il n'aimait pas me voir batifoler.

Je me sens si heureuse ici que je vais exploser. Je déborde d'amour pour mon bébé, pour mon homme, pour ces montagnes qui me font perdre la raison ; il n'y a pas de place ici pour rien d'autre, ni pour la souffrance, ni pour la maladie, ni pour la peur. La vie est glorieuse, tout simplement.

J'espère, quand Jill sera grande, qu'il y aura encore des endroits comme celui-ci où elle pourra venir, de merveilleux coins qui n'auront pas été gâchés. Je ne suis guère portée sur la politique, mais ce qui m'intéresse le plus, c'est la sauvegarde de la nature. C'est tellement important, à mon avis. Peut-être parce que j'ai grandi ici, dans l'Ouest. Oh, le pays a déjà changé, je le sais. Papa raconte toujours que c'était tellement plus agréable quand il était jeune, — il est du Montana et quand il était petit, il allait à la chasse et à la pêche avec son père. Mais quand même, il existe encore des endroits comme celui-ci, et le pire, ce serait qu'ils disparaissent un jour ou soient pollués... Je ne pourrais jamais vivre dans une grande ville, comme Winona. Elle y est bien obligée, évidemment, pour ses études, mais moi, je détesterais ça. Three Forks était un petit patelin, il n'y avait pas grand-chose à faire, et j'ai toujours eu envie de m'en aller, mais jamais je n'irai dans un endroit plein de béton et sans arbres, tel que j'imagine New York.

C'est le matin. Sam est allé chercher du bois. Il a déjà allumé un beau feu dans la cheminée. Je le vois du coin de l'œil pendant que je donne son bain à Jill. Je la lave dans un baquet en zinc, — juste assez grand pour elle. Je le pose sur la table, bien d'aplomb pour qu'il ne bascule pas. À la maison, je la baigne dans l'évier de la cuisine, ou plutôt je la baignais, car elle commence maintenant à être un peu trop grande. Quelquefois, je la laisse prendre un bain avec moi. Je mets juste un peu d'eau, un fond de baignoire, j'y entre la première, puis je la prends avec moi. Elle adore ça ! Elle a un ou deux jouets en plastique, une grenouille, une girafe, et nous jouons avec. Il m'arrive de sortir de la baignoire parce que j'y suis obligée, pour préparer le dîner ou je ne sais quoi, et je voudrais bien pouvoir la laisser dans l'eau. Mais il paraît que c'est dangereux ; elle pourrait se noyer.

Elle est toujours ravie quand je la baigne, même ici, dans le baquet, où elle n'a pas tellement de place pour s'agiter. Je ne peux pas la laisser dans l'eau trop longtemps, il ne fait pas assez chaud, encore que près du feu, ça puisse aller. Elle a un petit corps merveilleux, toute ronde et potelée comme un bouddha miniature, avec une peau luisante et satinée. Elle est aux anges quand je lui passe l'éponge sur le corps. Les bébés sont formidables pour ça ; quand on leur procure une sensation physique agréable, ils vous regardent d'un air béat. Ça leur est égal de montrer leur satisfaction, alors que les adultes sont gênés. Moi je le suis encore, un peu. Quelquefois, Sam veut faire l'amour en plein air quand on est seuls dans la montagne, ou alors à la maison dans une pièce inondée de soleil, et il m'a fallu un certain temps pour m'y habituer.

Je lui lave les cheveux avec un shampooing spécial pour bébés. Elle n'a pas beaucoup de cheveux, ils sont si fins, on les voit à peine. Et comme elle est grassouillette en plus, on la prend quelquefois pour un garçon. Il faut dire aussi que je n'ai jamais aimé l'habiller en rose pâle, comme on est censé le faire pour les filles. J'ai toujours détesté les teintes pastel, en particulier le rose layette. J'aime le rouge, le jaune éclatant, le rose framboise, des couleurs vraiment vives et rutilantes. De toute façon, je ne trouve pas que Jill ait l'air d'un garçon. Ça m'exaspère quelquefois. L'autre jour, un couple de personnes âgées l'admirait dans un magasin et l'homme a dit : « Il a des yeux admirables, si sages ! Ce sera un grand mathématicien un jour. » J'ai dit simplement : « C'est une fille », et il a répliqué : « Oh... » Et alors, elle pourrait quand même être une grande mathématicienne, non ? j'ai pensé. De toute façon, il y a peu de chance mais ce qui m'a énervée, c'est qu'il ait eu l'air tellement déconcerté quand j'ai dit que c'était une fille, comme si du coup, elle ne pouvait pas avoir des yeux sages ! Tu es plein de sagesse, n'est-ce pas, ma douce ?

J'aime bien parler à Jill. Je sais qu'elle ne comprend pas vraiment ce que je dis, mais elle me regarde comme si elle pouvait ; en tout cas, elle aime m'entendre jacasser.

— Tu crois qu'un jour tu auras de longues boucles soyeuses ? je lui demande en essayant de la rincer — elle me glisse entre les doigts, avec tout ce savon ! Tu seras Alice au pays des merveilles et je serai Lapin blanc, et papa sera le Chapelier fou. » Elle tend les bras vers moi, elle veut sortir du baquet. « Attends une seconde, mon chou. Tu ne peux pas sortir, toute couverte de savon, ou bien... »

Mais elle veut absolument sortir, cette petite peste !

Regardez-la qui essaye de se redresser, de me prendre par le cou. Oh, après tout, un peu de savon ne lui fera pas de mal. Je tends la main derrière moi pour prendre la serviette.

Seigneur ! qu'est-ce qui se passe ? Oh, mon Dieu, je ne tiens pas debout, oh mon bébé, ne tombe pas, ne me laisse pas te lâcher, oh mon Dieu, je vais la lâcher ! Je hurle et Sam arrive en courant.

— Prends Jill ! Elle n'a rien ? je crie. Elle ne s'est pas fait mal ? Prends-la ! Prends-la !

— Mais toi, ça va ? demande Sam.

— Occupe-toi de Jill ! je hurle.

Je l'entends pleurer. Oh mon bébé, pourvu que tu n'aies rien... je t'en prie...

Sam la prend dans ses bras, l'enveloppe dans une serviette et me l'apporte. Elle pleure encore un peu, mais se calme quand je la serre contre moi et la berce.

— Mon petit chat, je suis désolée... tu n'as rien ?

Oh, je sais qu'elle ne peut pas parler. Enfin, elle semble en parfait état. Je ne vois aucun endroit où elle se soit fait mal. Dieu soit loué.

— Qu'est-ce qui s'est passé ? demanda Sam.

— Je ne sais pas.

— Tu as glissé ou quoi ? Comment as-tu fait pour tomber ?

Je me contente de le regarder. Nous gagnons le divan et nous asseyons.

— C'était ma jambe... j'ai eu l'impression que...

— Elle te fait mal ?

— Elle a... cédé sous moi. Je ne peux pas t'expliquer exactement. Comme si elle n'avait plus été là quand j'ai voulu m'appuyer dessus.

Assis à côté de moi, Sam examine ma jambe. J'ai toujours cette bosse, qui est apparue au mois de novembre. Quelquefois elle est brûlante, comme si elle avait la fièvre.

— Écoute, on va rentrer à Riverdale tout de suite, aujourd'hui même. Ça suffit, toutes ces conneries. Tu vas aller voir un bon docteur, un qu'on paiera. J'en ai marre de cette clinique et de ce vieux schnoque qui ne connaît rien à rien.

Il est furieux. Je le vois bien à la façon dont il sort en trombe avec le baquet pour aller vider l'eau du bain derrière la maison. Je ressens une sorte de calme intérieur comme ça arrive quand il vient de se passer quelque chose de grave. Quand je suis tombée, j'ai eu peur simplement, peur pour Jill surtout. Si je ne l'avais pas eue dans les bras, j'aurais peut-être davantage ressenti la douleur.

— Il est très bien, le Dr Thompson, dis-je, comme pour moi-même.

— Bon dieu, Kate, je t'en prie !

— Tu ne l'as même jamais vu ! Comment peux-tu savoir ?

— Qu'est-ce qu'il a fait d'autre, sinon perdre du temps ?

— Il a fait de son mieux, je suppose.

Je reste assis sur le divan, à le regarder rassembler nos affaires. Jill aussi l'observe vaguement. Elle est appuyée contre moi et je la sens qui commence à s'endormir.

— Écoute, dis-je, je suis allée à cette clinique pour qu'on ne dépense pas trop d'argent.

— Ouais, tu parles d'une affaire ! Et tout compte fait, ça va nous coûter dix fois plus que si on était allé consulter tout de suite un vrai docteur !

— Comment ça, un vrai docteur ? Il est docteur en médecine, non ?

— Il a dû passer ses examens vers 1900 ! Qu'est-ce qu'il sait seulement, ce mec !... Weaver a un tuyau pour un vélo d'occasion et maintenant, on va être obligé de dépenser tout notre fric pour payer un nouveau médecin.

Je suis exaspérée, et déprimée également, parce que je crois qu'il a raison. Pourtant ai-je continué à aller le voir, alors que je me doutais de son incompétence ? Parce que je ne voulais pas savoir ? Mystère.

— Ça ne m'amuse pas d'être malade ! je dis. Je ne le fais pas exprès ! Quel effet ça me fait, tu t'imagines, d'avoir failli tuer mon bébé ? Cesse de me faire des reproches !

Je hurle presque. Quand je pense de nouveau à ce qui aurait pu arriver à Jill, je suis terrifiée.

— Je dis simplement, réplique Sam, que si tu étais allée voir un bon médecin dès le début, tu serais maintenant guérie... Mais comme tu as attendu six mois, ça prendra dix fois plus de temps pour guérir. Et ça coûtera dix fois plus cher... Et on ne peut pas se payer ce luxe.

— Eh bien, va-t'en... Personne ne t'oblige à dépenser ton fric pour moi ! On n'a pas avalé la même ficelle, figure-toi. Tu n'as qu'à te barrer !

Il ne réplique pas. Nous nous contentons de nous dévisager.

— Qu'est-ce que ça veut dire ? demande-t-il enfin.

— Pars. Va la chercher, ta bécane.. Je me débrouillerai.

Il m'observe.

— Ah oui ?... C'est probable, d'ailleurs, que tu te débrouillerais. De toute façon, à quoi je sers ici ? Je fais partie du décor ? Je te sers de clown ?... Tu veux que je m'en aille ? Vraiment ?

Je me contente de hausser les épaules.

— Comme tu voudras.

Il prend sa guitare, gagne la chambre à coucher et claque la porte derrière lui.

Jill dort dans mes bras. Notre grande scène ne l'a guère impressionnée, j'ai l'impression. Ces imbéciles d'adultes qui crient comme des putois, pense-t-elle probablement.

Oh, seigneur, j'ai tellement peur. Ne me quitte pas, Sam. Pas maintenant... C'est drôle, avant de rencontrer Sam, je crois que j'aurais pu me débrouiller. Je travaillais, j'avais une petit boulot dans un salon de coiffure. On ne me laissait pas coiffer les clientes ou quoi que ce soit, je me contentais de balayer, de faire les shampooings, des trucs comme ça. C'était un endroit vraiment marrant parce qu'il n'y venait que des vieilles dames. Elles avaient toutes dans les soixante-dix ans. Elles arrivaient à petits pas chancelants ; l'une d'elles se faisait même amener dans sa chaise roulante, simplement pour une mise en plis. Certaines n'avaient presque pas de cheveux ! Juste des petites touffes maigrichonnes. Elles me faisaient tellement pitié. Je veux dire, pourquoi se pomponner ainsi ? Simplement pour rentrer chez elles et se retrouver toutes seules dans une pièce ? Certaines d'entre elles, apparemment, vivaient avec une sœur ou parfois avec un mari. Mais invariablement la sœur tombait malade ou le mari avait une crise cardiaque ou alors l'un ou l'autre avait des vertiges. Franchement, il ne se passait pas de jour sans que j'entende une histoire de ce genre. C'était plutôt déprimant, je suppose, mais à l'époque je ne m'en rendais pas compte. J'étais comme protégée, enfermée dans mon propre univers, à rêvasser, à ne pas m'en faire...

Mais maintenant j'ai besoin de Sam, je me suis habituée à lui. Je l'aime. Est-ce que je pourrais me débrouiller sans lui ? Oui, sans doute. J'y serais bien obligée. Mais ce serait horrible. Je voudrais aller le lui dire, mais je ne peux pas. Trop d'orgueil, sans doute. Je le lui dis à travers cette porte qu'il m'a claquée au nez. Ne pars pas, mon chéri.

Le Dr Jack Lincoln est bien différent du Dr Thompson. Il est moins vieux. Le genre solide, avec des cheveux grisonnants, des lunettes. Il n'est pas aussi gentil. Non pas désagréable, mais plutôt froid, positif. Il arrive avec mes radios à la main et commence à les examiner. J'ai l'impression qu'il cherche à gagner du temps.

— Eh bien, il n'est pas exclu qu'il s'agisse d'un cancer.

C'est la première fois que quelqu'un prononce ce mot et je me sens aussitôt glacée jusqu'à la moelle. Il me semble que je savais qu'il allait le prononcer, mais le fait de l'entendre est encore bien pire que de simplement l'imaginer. Je me contente de le regarder fixement ; je ne sais pas quoi dire.

— Je vous conseille de vous rendre immédiatement à l'hôpital de Spokane pour d'autres examens.

Je me force à parler, mais la voix qui franchit mes lèvres est à peine audible.

— Spokane ?

— C'est là qu'ils sont le mieux équipés... Il vous faut des examens plus approfondis... Ici, nous n'avons pas le matériel nécessaire pour...

— Mais j'ai un petit bébé !

— Il va falloir prendre vos dispositions.

J'ai la bouche tellement desséchée que je n'arrive pas à articuler.

— Cet autre docteur que j'ai vu, le Dr Thompson, il pensait que c'était peut-être une bursite.

— Je crains que le Dr Thompson se soit complètement trompé.

— Alors, pourquoi a-t-il dit ça ?

Le Dr Lincoln hausse les épaules.

— Je n'en ai pas la moindre idée. Par ignorance, probablement.

— Mais est-ce qu'il n'aurait pas dû... Je veux dire, quand un médecin ne sait pas, il devrait le dire, non ? Pourquoi faire semblant ?

— Madame William, concentrons-nous sur le présent, vous voulez bien ? Les médecins ne sont pas infaillibles... Je vais appeler le Dr Wilde et lui dire que vous irez le consulter dans un jour ou deux.

— Bon, d'accord...

Je n'ai même pas envie de me lever. Comme si je savais que ce qui m'attend sera pénible. Ce que je viens d'apprendre l'est déjà, mais ça n'est qu'un commencement. Je veux rester assise ici. Je ne veux pas aller à Spokane. Je regrette presque d'être venu voir le Dr Lincoln. Oh, c'est idiot, je sais. Mais...

Lorsque je sors de l'hôpital, Jill dans les bras, Sam est là dans son vieux minibus volkswagen, tout bariolé et décoré de dessins délirants. Il ouvre la portière et se penche.

— Je peux vous poser quelque part, belle dame ?

Je monte et referme la portière.

— Où on va ? demande Sam.

— À Spokane... pour des examens. Il pense que c'est une tumeur.

Sam a l'air si affolé que je sens de nouveau l'angoisse m'envahir.

— Écoute, c'est simplement une tumeur, un grain de beauté, rien du tout ! (Il demeure silencieux. Je n'arrive même pas à prononcer le mot « cancer ».) Il faut que j'y sois lundi.

Dis quelque chose, Sam ! Oh, bon dieu, j'ai tellement peur, je me sens brusquement terrassée. Je vais pleurer, non, je ne veux pas, ça y est, je pleure !

— Ne me plaque pas, Sam. Pas maintenant.

Il me prend par les épaules, me serre étroitement contre lui.

— Tu as besoin d'un chauffeur, mignonne, ou tu as besoin de moi ?

Je me mets à rire, pleurant toujours à moitié.

— Comment peut-on être aussi bête ? Comment est-ce que je peux aimer un type aussi idiot que toi ?

Sam se met à rire lui aussi. Et Jill, nous voyant rire tous les deux, nous gratifie d'un grand sourire édenté. Qu'est-ce que vous avez à vous marrer comme ça, papa et maman ? Qu'est-ce qu'il y a de si drôle ? Tu es trop petite pour comprendre, bébé. Beaucoup trop petite.

Ça fait un bout de chemin, jusqu'à Spokane. Un jour et demi de voiture. Jill est vraiment sage ; elle dort beaucoup. Elle aime bien regarder par la portière, on dirait. Je la fais danser sur mes genoux quand elle commence à s'agiter. Mais je n'arrive pas vraiment à penser à elle. Je la nourris quand il le faut, mais je suis obsédée par ce qui m'attend, je ne peux penser à rien d'autre. J'ai l'impression d'être dans une pièce minuscule dont tous les murs portent la même inscription et quel que soit celui vers lequel je me tourne, je vois la même chose. Il n'y a pas de porte, je ne peux pas sortir.

Sam aurait voulu qu'on laisse Jill chez ses parents. Ils habitent dans la banlieue de Riverdale. Je ne sais pas. On aurait pu, évidemment. Mais j'ai envie que Jill soit avec moi. Elle compte tellement dans ma vie. Sans elle, je ne suis plus moi-même. En plus, je me rends bien compte que ça peut paraître mesquin, mais la mère de Sam me porte sur les nerfs. Je sais que l'idée que nous ne sommes pas mariés la choque, que pour elle, je ne suis qu'une dévergondée qui vit avec son fils bien-aimé. Elle sait que j'ai déjà été mariée, que Jill n'est pas un enfant illégitime, mais pour elle, c'est tout comme. À moins que je ne lui amène David pour le lui présenter, elle doutera toujours de son existence. Elle me prend pour une sorte de hippy parce que j'ai les cheveux longs et que je porte des sandales, ce genre de trucs dingues ! Peut-être que tous les parents sont comme ça.

Je crois que c'est pire parce que Sam est un enfant unique. Elle l'a eu très tard. Elle était mariée depuis quinze ans et avait dû essayer pendant tout ce temps-là, je suppose, et voilà que Sam est arrivé. Alors elle le traite vraiment comme un bébé bien qu'il ait vingt-deux ans. Sam s'en tire pas mal, je dois dire. Il la taquine à ce sujet, il voit très bien ses défauts, il ne l'idéalise pas. Mais il ne se rend pas compte de l'antipathie qu'elle éprouve à mon égard. Il refuse de le voir, je suppose. Quand je lui ai dit que j'allais accoucher selon la « méthode naturelle », elle m'a regardée comme si je lui annonçais que j'allais m'accroupir en plein champ pour mettre mon enfant au monde sur un tas de foin. Et le fait que Sam voulait assister à l'accouchement lui paraissait encore plus insensé. De son temps, on éloignait le papa le plus possible. Il aurait risqué de tourner de l'œil ou je ne sais quoi. En tout cas, à mon avis, elle estime également qu'un homme ne devrait pas voir une femme « comme ça », autrement dit telle qu'elle est, en train de transpirer, de souffrir. Tout ça doit être enjolivé. Tout comme le bébé doit être nettoyé et poudré. Et la maman aussi. Sinon, « ils » perdent le respect qu'ils ont pour vous, ou je ne sais quelle autre connerie du même ordre.

Des examens et encore des examens. Des radios, des électro-cardiogrammes, des biopsies. Depuis que je suis entrée à l'hôpital, j'ai l'impression que ma vie, ma vraie vie — Jill, Sam — a été mise au rancart. On m'emmène, on me ramène, on me trimballe sur un chariot. Aucun examen ne fait vraiment mal ; mais la peur me tenaille. Je suis lâche, je le sais. Je m'efforce, le plus possible, de ne pas penser. David disait autrefois que j'avais un cinéma dans la tête. C'est vrai, en un sens. Quand je suis seule, ou dans un autobus, ou chez le dentiste, je sors un de mes petits films personnels et je le projette dans ma tête. J'oublie tout le reste. Quelquefois j'invente une histoire, ou alors j'évoque des événements qui sont vraiment arrivés et que j'aime me rappeler.

Comme ma rencontre avec Sam. J'étais si heureuse à l'époque. C'était une chaude journée de printemps, glorieuse, parfaite. J'étais enceinte de quatre mois, mais ça ne se voyait pas encore. Personne n'était au courant. J'étais à la montagne avec une bande de jeunes. Je ne connaissais vraiment bien aucun d'entre eux, c'était simplement des copains avec qui je sortais. Tout le monde était étalé dans l'herbe, en train de manger ou de jouer de la musique. J'éprouvais... je ne peux même pas décrire mes sentiments... j'étais simplement enivrée par cet endroit tellement beau, par le temps radieux, par ma liberté — j'avais quitté David depuis environ six semaines — mais surtout, par l'idée que j'attendais un bébé. J'avais l'impression d'être Super-woman, de pouvoir faire n'importe quoi ; j'éclatais de bonheur. J'étais heureuse que personne d'autre que moi ne sache que j'étais enceinte, j'aimais l'idée que j'étais la seule à connaître ce grand secret.

Je n'ai jamais eu de nausées le matin comme en avait toujours Darleen. Je me sentais différente, ensommeillée parfois, mais robuste, en pleine forme. Je me rappelle exactement où je me trouvais à l'instant où j'ai vu Sam pour la première fois. J'étais devant le chalet, en train de tendre à la ronde un panier plein de pain, j'ai levé la tête par hasard et j'ai aperçu Weaver, en compagnie de cet inconnu. Ils montaient la côte sur leur bicyclette, leur sac et leur guitare accrochés dans le dos.

Un de ces moments idiots, complètement dingues dont on entend toujours parler, où on regarde quelqu'un et on « sait » immédiatement. Le coup de foudre, quoi, sauf que je n'y crois pas. Je n'y crois pas, mais ça m'est arrivé. Oh, je sais, quelquefois, on croit que c'est ça et puis on s'aperçoit qu'on s'est lourdement trompé, que le gars est un minable. Physiquement, Sam n'est pas tellement formidable. Je veux dire, j'adore son allure, mais j'ai rencontré des tas de types plus séduisants qui me laissaient de glace. Je n'aime pas les gars au physique trop avantageux, pas seulement parce que, en général, ils la ramènent, mais qu'ils ont un côté sans vie, avec leurs dents parfaites et leurs cheveux superbes. Sam avait ce merveilleux sourire plein de douceur qui naissait lentement sur ses lèvres et de beaux yeux au regard chaleureux. On aurait dit que le simple fait de me voir illuminait sa journée. Je lui ai rendu son sourire. Maman passait son temps à me dire que je ne devrais pas sourire tellement, parce que j'ai de trop grandes dents, et que je les montre trop. Mais moi, je ne peux pas m'empêcher de sourire, j'aime ça. Je voulais qu'il sache ce que j'éprouvais.

— Mais c'est cette grande gueule de Weaver ! me suis-je écriée. Où donc étais-tu ? C'est divin ici sans toi !

— J'en ai autant à ton service, bébé, a répondu Weaver. Tu connais Sam Hayden ?

— Non, mais je voudrais bien.

Sam a ri, pris sa guitare et s'est dirigé vers le chalet.

— Laisse-moi d'abord boire un verre d'eau, a-t-il dit.

— Je vais t'en chercher un, dis-je.

— Non, j'y vais.

36

— Non, c'est moi !

Nous nous sommes précipités dans le chalet, en riant, et je suis arrivée la première et je lui ai tendu un grand gobelet débordant d'eau bien fraîche. Je ne me conduis pas toujours comme ça, quand je rencontre un type qui me plaît. Quelquefois, je suis beaucoup plus timide, gênée. Mais c'était le fait d'être enceinte, c'était tout le reste. Je me sentais si bien, je n'avais aucune raison de ne pas le montrer, de ne pas être honnête.

Je crois que mon attitude rendait Sam un peu nerveux. Maintenant il affirme qu'il s'était senti des ailes, mais il avait un peu l'air de se dire : Mince, qu'est-ce que c'est que cette fille ? Je voyais bien, en tout cas, que je lui plaisais.

Il s'est assis et a commencé à jouer de la guitare. C'était la première fois que je l'entendais jouer. Merveilleux. Je veux dire, je l'aurais aimé de toute façon, mais j'adorais la façon dont il jouait, dont il tenait sa guitare. J'étais assise là et je le regardais fixement, je regardais son visage, ses mains...

— Tu te mets en transe comme ça avec tout le monde ? dit-il.

— Tu te sens mal à l'aise ? Tu ne devrais pas.

— Et pourquoi ?

Ça m'amusait de le voir embarrassé. J'avais envie de le taquiner et je savais que je lui plaisais. C'était tellement agréable, ce moment-là, avant qu'il se soit passé quoi que ce soit, quand tout était encore à venir. Non pas que ce qui s'est passé depuis n'ait pas été bien, mais c'est le moment que j'adore me rappeler.

— Je peux m'asseoir là ? je lui ai finalement demandé.

C'était dingue, je voulais être tout près de lui, le toucher. C'est vrai que j'étais comme en transe, mais sur le moment, ça ne m'a pas paru du tout anormal.

Je me suis assise tout contre lui et il a continué à jouer, mais je voyais bien qu'il était nerveux. Il ne cessait de me regarder et de secouer la tête. Plus tard, Sam m'a dit qu'il se demandait comment ça avait pu lui arriver, ce qu'il avait bien pu faire pour ça. Il n'arrivait pas à y croire, m'a-t-il dit. Non pas qu'il ait jamais eu de filles avant, mais... enfin, d'habitude, peut-être, il fallait qu'il se donne du mal, qu'il leur fasse du gringue, et il avait horreur de ça, disait-il. Pendant que nous étions assis là, des gens sont entrés, ils nous ont regardé et ils sont repartis en douce. Je crois que nous avions l'air si heureux que c'en était embarrassant pour les autres.

Après, nous sommes allés faire une longue balade dans la montagne, pour être en tête à tête.

— Quel endroit ! a dit Sam. Il y a longtemps que tu es ici ?

— Ici au chalet ? Ah, si seulement… J'habite Riverdale, mais je suis née à Three Forks. Tu connais Three Forks ? C'est au bord de la Columbia.

— Je connais.

— Je suis partie de chez moi quand j'avais seize ans. J'étais du genre gamine insupportable.

Sam sourit. Nous étions étendus par terre.

— Je sais, *je sais !* dit-il.

Et nous voilà en train de nous embrasser, de nous rouler dans l'herbe. Je savais qu'on allait faire l'amour ensemble, tout de suite peut-être, ou alors cette nuit-là. Peu importait, d'ailleurs, ça allait arriver et ce serait formidable. Mais je sentais que je devais d'abord lui parler du bébé. Je me suis donc dégagée légèrement. Il m'a dit plus tard qu'il avait alors senti son cœur se serrer, pensant, contrairement à ce qu'il avait cru tout d'abord, que j'allais lui dire qu'il fallait attendre de mieux se connaître et tout ça.

— Il faut que je te dise une chose, ai-je commencé. Tu comprends, je veux que tu saches, parce que j'estime… eh bien, je trouve que les gens doivent être honnêtes les uns avec les autres.

Il a poussé une sorte de gémissement.

— Eh bien, s'il faut vraiment être honnête, a-t-il dit, j'ai tellement envie de toi, bon dieu…

— Je suis mariée ; enfin, je l'étais, et je suis enceinte.

Je le regardais droit dans les yeux. Il y a des gars que ça défriserait, ce genre de nouvelles. Et s'il devait être l'un d'entre eux, je voulais le savoir tout de suite, pas après. Parce qu'après, ça ferait trop mal. Je n'ai jamais pu coucher avec un type sans en tomber amoureuse, et je pense que c'est très bien ainsi, seulement… eh bien, ça m'amène à me montrer plus prudente.

Sam s'est assis et a détourné la tête. J'étais là à l'observer. C'était tellement important, ce moment où je lui révélais mon secret. Parce que je savais que j'allais découvrir à son sujet quelque chose d'également important, et je priais le ciel que ce soit ce que j'espérais.

— Qui était-ce ? a-t-il demandé.

— Pourquoi est-ce que c'est toujours la première question qu'on pose ? C'est tellement bête ! Demande plutôt si je suis heureuse !

— C'était Weaver ?

— Tu plaisantes, non ? D'abord, c'est mon cousin, et en plus je le déteste. Ce n'est personne d'ici. Je ne l'ai pas vu depuis que... (j'allais dire depuis que je me suis sauvée, mais ça faisait un peu trop puéril)... depuis que nous nous sommes séparés... J'avais seize ans quand je l'ai épousé. Pour échapper à ma mère, je suppose.

— Et le bébé, dans tout ça !

Je me suis laissée aller en arrière dans l'herbe pour contempler le ciel bleu, immense.

— Oh, ça, c'est une autre histoire, ai-je répondu avec un grand sourire.

— Tu veux l'avoir ? Tu vas le garder ?

J'ai tourné la tête vers lui.

— Ah oui, je vais le garder... Je veux un enfant plus que n'importe quoi d'autre au monde. Depuis toujours.

Ça m'était égal qu'il me pose toutes ces questions, que nos relations aient pris aussitôt un tour aussi sérieux. Je veux dire, on aurait pu tout simplement faire l'amour et ç'aurait été formidable et j'aurais pu le prévenir après. Mais ce que j'ai aimé, c'est que lorsqu'on a enfin fait l'amour, il savait, et c'était comme si nous avions été tous les trois à faire l'amour, le bébé, moi et Sam, tous ensemble. Être enceinte en faisait quelque chose de spécial. C'était vraiment comme si j'avais attendu *notre* bébé.

Ça peut paraître insensé, mais je n'ai jamais dit à David que j'étais enceinte. En fait, et c'est encore plus dingue, c'est le jour même où je me suis aperçue que je l'étais que j'ai décidé de le quitter. On pourrait croire que c'est le contraire, que lorsqu'on s'aperçoit qu'on est enceinte, on s'affole un peu, on a besoin de sécurité et on se dit, je vais encore faire un essai, même si notre mariage ne marche pas très bien. Mais je n'ai pas du tout eu cette réaction. Je me sentais plus forte, en fait. Avant d'être enceinte, je me sentais faible, comme si David pouvait faire pour moi la pluie ou le beau temps. Mais une fois que j'ai su, je me suis dit : tu m'embêtes, après tout. Tout au fond de moi, j'éprouvais peut-être ce genre de sentiment pour avoir un bébé. J'étais vraiment amoureuse de lui, ou du moins le croyais, quand nous nous sommes mariés. Mais même quand ça allait assez mal entre nous, je voulais quand même avoir un bébé. Et, je sais que ça peut paraître égoïste, mais je ne voulais pas le partager avec lui. Je ne lui ai donc rien dit, même quand je l'ai plaqué en lui laissant un petit mot. Non pas parce que je craignais qu'il hurle, qu'il vocifère, qu'il essaye de me convaincre de rester. Il ne l'aurait pas fait de toute façon. Mais ça n'était pas ça. J'avais l'impression que si je ne lui disais pas que j'étais enceinte, le bébé serait rien qu'à moi et non pas à lui, qu'il n'aurait rien à voir avec notre mariage. Et c'est pour le même genre de raisons que je voulais tellement prévenir Sam. Ça me faisait chaud au cœur de penser que Sam était vraiment le premier à savoir. C'était une chose qui nous arrivait à tous les deux, même si ça n'était pas lui « le responsable ». Ça n'avait en fait aucune importance. Jill est le bébé de Sam, vraiment.

Sam a été si gentil quand j'ai accouché. Il s'intéressait vraiment à cette naissance et il a lu en même temps que moi tous les livres de puériculture. Il a même lu le chapitre expliquant comment mettre un bébé au monde à domicile quand il arrive trop vite, ce qui n'a pas été le cas de Jill, heureusement. Ça lui était égal que je sois devenue trop grosse, il disait que je n'avais jamais été si belle. Je savais que j'avais pris trop de poids à la fin, — j'avais même été obligée d'enlever mes bagues tellement j'avais les doigts enflés — mais ça ne me gênait pas. En temps ordinaire, si je n'avais pas été enceinte, ça m'aurait embêtée, mais à l'époque, je me sentais comme un véritable symbole de la fécondité. Ce n'est pas du tout mon genre, en réalité. D'habitude, je suis plutôt maigrichonne et j'ai l'air d'une gamine.

Ils ont autorisé Sam à rester avec moi pendant que je mettais Jill au monde. Il était assis juste à côté de moi, il plaisantait, il racontait des histoires, il me tenait la main. Il y avait une infirmière autoritaire qui essayait de le faire partir. Elle prétendait qu'il me rendait nerveuse, bien que je lui affirme le contraire. Il n'arrêtait pas de la taquiner. Chaque fois qu'elle entrait, il faisait mine de se cacher et disait :

— Laissez-moi rester, madame l'infirmière. S'il vous plaît ! Je ferai tout ce que vous voudrez !

J'adore Sam quand il fait le clown. Il se conduit comme un gosse quelquefois, mais ça m'amuse tellement de le voir, quand il est heureux, sauter dans tous les sens et danser comme un fou.

Maintenant que Jill a six mois, je me rappelle cette époque et je me demande pourquoi je ne me suis pas rongée d'inquiétude à l'idée que mon bébé allait peut-être naître aveugle, ou sourd, ou avec six doigts à chaque pied. Mais je dois dire que je n'y ai même pas pensé. J'étais sûre que j'allais avoir une petite fille ravissante, parfaite. Et c'est ce qui est arrivé ! Quand on me l'a montrée, elle était toute visqueuse et humide et j'ai eu un coup au cœur. Je savais que les nouveau-nés n'étaient jamais bien beaux, mais elle m'a paru tellement affreuse que j'ai simplement marmonné :

— Emmenez-la !

Dieu merci, on ne m'a pas écouté.

Le jour se levait quand Jill est venue au monde, et Sam est rentré à la maison dormir un peu. J'aurais dû être fatiguée, je n'avais pas fermé l'œil de la nuit, mais j'étais tellement excitée que je ne pouvais pas dormir. J'avais déjà fumé de l'herbe ou pris des trucs, mais jamais je n'avais plané comme après la naissance de Jill. C'était presque angoissant. Je me rappelle qu'on m'amenait des magazines, de simples journaux féminins que je me serais même pas donnée la peine de feuilleter en temps ordinaire. Mais je les lisais, assise dans mon lit, et tout ce que j'y voyais me semblait fantastique. C'est difficile à décrire, mais la simple existence d'un magazine me semblait stupéfiante, tout comme les couleurs que j'y voyais, ou le visage des mannequins dans les publicités. J'étais là en train de lire une recette de poulet à la crème, et brusquement je me sentais submergée, j'avais envie de pleurer tellement je trouvais ça beau. C'était fatigant. Je ne sais même pas si je voudrais être dans cet état en permanence. Ça n'a d'ailleurs pas duré. Au bout de deux semaines environ, j'ai commencé à redescendre, lentement, sans brutalité. Je ne me suis jamais sentie déprimée, comme ça arrive après un accouchement, paraît-il. Mais tout d'un coup, les magazines sont redevenus de simples magazines, le ciel est redevenu le ciel. Je me rappelais ce que j'avais éprouvé, mais ce temps-là était terminé.

On dit que la maternité est le seul endroit à l'hôpital où on soit heureux, le seul endroit où les gens viennent parce qu'ils en ont envie. C'est en tout cas vrai pour moi. Je nageais dans le bonheur. Je n'aurais pas aimé avoir mon bébé chez moi. Les infirmières étaient si gentilles, si affectueuses. Quand on m'a ramené Jill le lendemain et que l'infirmière me l'a tendue, j'avais peur de la laisser tomber. J'étais si excitée que mes mains tremblaient.

— Qu'est-ce que je dois faire ? Comment je la tiens ? Sam, regarde-la ! Elle est superbe !

L'infirmière m'a aidée à mieux installer Jill contre moi.

— Gardez un bras sous sa tête, m'a-t-elle dit.

Jill aussitôt a happé mon bout de sein et s'est mise à téter. Je me sentais si fière !

— Comment peut-elle savoir ? C'est incroyable ! Elle vient de naître.

— C'est très fatigant pour elle. Elle va s'endormir d'ici une minute. Ne vous inquiétez pas si elle ne prend pas grand-chose. (Elle nous a souri.) Je vais vous laisser faire connaissance.

Assis à côté du lit, Sam me regardait allaiter mon bébé. Nous étions si heureux tous les deux que nous n'avions même pas envie de parler parce qu'il n'y avait rien à dire. Être là simplement suffisait. Sam se met toujours à faire l'imbécile dans ces cas-là ; ça l'embarrasse d'être heureux, comme le jour où nous nous sommes rencontrés. Alors, il a dit :

— Elle ressemble à Hitler.

Je me suis mise à rire.

— Elle ressemble à David.

Il y a eu un silence et je me suis demandée si je n'avais pas eu tort de dire ça, même si c'était vrai. Je ne voulais pas que David vienne s'interposer entre nous trois, ne serait-ce que parce que j'avais prononcé son nom, presque malgré moi.

— À propos, a dit Sam, ils m'ont donné un bulletin de naissance à remplir. Comme on demandait le « nom du père » et que je connais pas le nom de famille de David, j'ai mis Sam Hayden... Ça ira ?

J'avais envie de pleurer. J'ai senti les larmes me monter aux yeux et j'ai juste tendu vers Sam la main qui ne tenait pas Jill.

— Très bien, ai-je chuchoté. Oh, Seigneur, c'est merveilleux !
Un jour, j'aurai un bébé de Sam. J'en ai tellement envie. Un
petit garçon, une petite fille, peu importe.

Je ne prétends jamais que Sam et mois sommes mariés. Un
jour peut-être nous nous marierons, mais pas forcément. Je ne
veux pas que Sam se sente jamais obligé de rester avec moi, par
devoir, par sens des responsabilités. C'était le cas avec David.
Parce que j'étais si jeune et qu'il m'avait arrachée au sein de ma
famille et tout ça, il s'estimait responsable de moi. Je peux me
débrouiller toute seule. Je le sais. Et si jamais nous cessons de
nous aimer, que ce soit terminé entre nous. Je dis ça maintenant et
je changerai peut-être d'avis plus tard, mais je crois que je suis
sincère.

J'ai été mariée, et je sais donc que le mariage n'est pas une fin
en soi. Ça n'est pas non plus une simple formalité. Je ne suis pas
de ces filles qui estiment que c'est périmé, qu'on peut tranquillement passer d'un homme à un autre, ou se marier quatre fois. Non,
j'aime l'idée de rester avec un seul homme toute ma vie, jusqu'à
soixante-dix ou quatre-vingts ans, alors que je serai grand-mère et
même arrière-grand-mère. Je n'ai pas peur de trouver la vie mono-
tone à être avec quelqu'un jour après jour. David croyait que
c'était ça. Il pensait que j'étais trop jeune, que je voulais seulement m'amuser, que je n'étais pas assez « mûre ». Non, tu te
trompais David. J'aime bien que ce soit le même gars qui rentre
me retrouver tous les jours, j'aime faire la cuisine pour lui et
l'entourer de tendresse. Je sais, bien sûr, qu'après un certain temps,
une fille peut se sentir attirée par d'autres hommes et que si elle
couche avec, ce sera probablement agréable, mais moi, je sais que
je ne peux pas, alors ça ne me tracasse guère. Si ce qu'on a est
tellement merveilleux, comme c'est le cas pour Sam et pour moi,
il faudrait être vraiment avide pour vouloir davantage. C'est du
moins ce que je ressens.

Doucement l'amour est venu
puis il a incliné la tête
Vers toi s'envolent mes désirs
je t'attends seule dans mon lit.

Je suivais une vieille route
et, passé le dernier tournant,
j'ai rencontré toute une armée,
Viendras-tu me tendre la main ?

J'ai livré maints et maints combats
souffert longtemps de mes blessures
et le soir venu j'ai pleuré
devant les fleurs épanouies.

Mais le temps vient que je te quitte,
Sur d'autres horizons marins,
j'ai vu le soleil décliner
et n'ai plus d'amour à donner.

C'est l'heure de déjeuner. Les examens sont terminés. Je suis assise dans mon lit, le nez baissé vers mon assiette, et je vois le Dr Wilde qui avance vers moi. Je ressens une étrange impression. Comme quand j'étais petite, que nous étions en voiture et que je voyais les arbres défiler. Papa disait, non, c'est la voiture qui bouge, les arbres sont immobiles en réalité. Mais je les voyais venir sur moi, rien ne pouvait les arrêter, j'étais sûre que c'était eux qui bougeaient. Je ne veux pas que le Dr Wilde continue à se diriger vers mon lit, qu'il me parle, et je sais qu'il va pourtant le faire, quoi qu'il arrive. Je ne suis pas Dieu, je ne peux pas l'arrêter.

Il est chinois, je crois, il a des cheveux plutôt longs, des yeux noirs. Est-il marié ? A-t-il un bébé ? Il s'approche, il examine mon plateau.

— Vous voulez du tapioca ?

— Ça a l'air délicieux, dit-il, sans sourire.

— Oui.

Dis-le. Je l'épie. Je suis prête.

— Vous les jeunes, vous n'aimez pas qu'on vous emmène en balançoire, n'est-ce pas ?

J'acquiesce d'un signe de tête. Ai-je l'air si jeune ? Je me sens beaucoup plus vieille, mais je dois lui faire l'effet d'une gamine.

— Vous avez ce qu'on appelle un sarcome ostéogénique. Une tumeur de l'os, m'annonce-t-il.

Tous ces mots sont terrifiants, bien que je ne sois pas sûre de comprendre vraiment ce qu'ils signifient.

— Mais il y a des tumeurs qui ne sont pas trop graves, n'est-ce pas ?

Je parle d'une voix si étouffée qu'il doit se pencher sur moi pour m'entendre.

— Celle-ci est maligne. Il faut l'arrêter immédiatement... J'ai modifié mon programme et je vous opérerai demain... Le sarcome ostéogénique est une forme du cancer qui, des os, passe dans les poumons. Si nous ne le stoppons pas dans l'os, nous ne pouvons pas le stopper dans le poumon.

Je m'accote à mon oreiller.

— Bon... Je vois.

— Le temps joue un rôle capital, ajoute-t-il.

— Une fois qu'il est arrivé aux poumons, je meurs, c'est bien ça ?

— C'est ça.

Il n'y a plus de mots, il n'y a que l'espace, un vide dans lequel flotte la peur, qui se heurte comme un aveugle aux murs de la chambre.

— Comment enlève-t-on une tumeur d'un os ?

— On enlève l'os.

— Ma jambe ? Vous voulez me couper la jambe ?

— C'est la meilleure façon d'enrayer le cancer.

— Non ! Vous n'avez pas le droit !

Les mots ont jailli du fond de mes entrailles. Dites quelque chose d'autre ! Je vous en supplie !

Très calme, il sort des papiers de sa poche et les pose sur la table de chevet.

— Je crains que vous n'ayez pas le choix, madame Hayden... Il faudra signer ces papiers et les donner à l'infirmière.

— Qu'est-ce qu'ils disent ?

— Que vous nous donnez l'autorisation de vous opérer.

— Mais je... il faut d'abord que j'en parle à... à mon mari. Je ne peux rien signer avant de... Où est-il ? Dans le couloir ?

— Je ne l'ai pas vu.

Je sors de la chambre en boitillant. Sam n'est pas dans le couloir. Oh, Seigneur, Sam, bon dieu, où es-tu ? Pourquoi n'es-tu pas là ? Qu'est-ce qu'il peut y avoir de plus important ? Je suis affolée. J'ai besoin de toi, salaud ! Viens ! Pourquoi ai-je dit : mon mari ? C'est tellement con, tellement mesquin ! Qu'est-ce que ça peut bien me faire si ce docteur sait que nous vivons ensemble simplement ? Il vit peut-être avec quelqu'un, lui aussi. Où est-il, mon amant, ce type, cet homme que j'aime ? Sam !

Je n'arrive pas à le trouver, il est parti. Pour de bon, peut-être. Il a filé, en emmenant Jill. Il ne veut pas affronter la réalité. Je comprends ça. Pourquoi le ferait-il ? Moi, j'y suis bien obligée, mais lui pas. Il va me laisser, c'est bien évident.

Seigneur, ce médecin, le Dr Wilde, s'est montré si froid ! On va simplement… vous couper la jambe ! Vous n'avez pas le choix… Enfin, il y a sûrement une autre solution ! À notre époque, avec tous les médicaments dont on dispose ! Il avait l'air de s'en fiche. D'ailleurs, pourquoi s'intéresserait-il à moi particulièrement ? Qui suis-je pour lui ? Je ne sais même pas s'il a raison. Et si jamais on me coupait la jambe et qu'on s'aperçoive ensuite qu'on aurait pu faire autrement ?

J'attends Sam. Il va forcément revenir, n'est-ce pas ? Tout au fond de moi, je ne crois pas qu'il ait fichu le camp. Je l'ai juste dit comme ça. Il reviendra. Je suis dans un service avec quelques autres malades, — un a la polio, un autre a été opéré de l'appendicite, un troisième a une fracture de la hanche. Mon Dieu, il y a tant de façons d'être malade, infirme, tant de façons de mourir. Je ne veux même pas y penser, je veux m'en aller d'ici.

Je m'habille. Je ne peux pas m'appuyer sur ma jambe, elle me fait mal. Je me sens un peu faible. À cause de toutes les prises de sang qu'on m'a faites pour les examens, peut-être. Et j'ai maigri. Je sais que je suis beaucoup plus mince, je ne me suis pas pesée, mais je le vois bien. Mon pantalon flotte à la taille. Je suis paniquée, il faut que je m'en aille d'ici ! Je déteste cet endroit !

Et brusquement Sam apparaît, portant Jill dans ses bras.

— Ah quand même !

J'entends résonner ma propre voix, trop aiguë. Je tremble, je suis furieuse, désorientée.

— Qu'est-ce qui se passe ?

— Pourquoi n'étais-tu pas là ? J'avais besoin de toi !

Il me serre contre lui, essaye de m'apaiser, mais sans succès. J'ai l'impression que je vais exploser si je ne file pas d'ici dans la seconde qui suit !

— Hé, du calme, ma belle. Remets-toi… qu'est-ce qu'il y a ?

— Ils veulent me couper la jambe !

Il se raidit.

— Non.

— Demain.

— Allons donc…

— Tu parles d'une plaisanterie !… Sam, allons-nous-en, d'accord ? Partons tout de suite, à l'instant. Il faut que je réfléchisse, il faut que j'aille à la montagne…

— Pourquoi est-ce qu'ils veulent te couper la jambe ?

— Parce qu'elle est pleine de cancer ! je hurle.

Oh, ce n'est pas la faute de Sam. Pourquoi est-ce que je lui crie après ? Ce n'est la faute de personne, mais surtout pas celle de Sam. Mais je veux… je veux que quelqu'un partage ma souffrance, m'aide à encaisser la réalité.

C'est ce que disait toujours maman. Quand les choses vont mal, reste calme, mais encaisse… encaisse.

Un pré fleuri d'été
sur le pas de ma porte
m'invite à cheminer
vers ces lieux engendrés
aux rêves des amants
et par les jours d'hiver

L'Azur liquide du ciel
les paysages violets
défilent dans mon esprit
en longs chapelets obscurs
de nuées immatérielles
de mélodies sans apprêt
À profusion fruits et saules
font une escorte à mes rêves.
Rêves
Rêves.

Les montagnes sont si belles. Il fait chaud, il y a des fleurs partout. L'épisode de l'hôpital est aboli, n'a jamais existé. La réalité, c'est ce que je vis en ce moment. Comment ceci pourrait-il être réel et le reste également ? Impossible.

Nous sortons avec Jill durant la journée, et elle rampe un peu partout, complètement nue. Les fleurs embaument, on entend bourdonner les abeilles, grésiller les sauterelles...

Je me demande si Dieu existe. Quand Grey, notre vieux chien, a été écrasé par un camion, je me rappelle que maman m'a dit :

— Écoute, mon petit chou, il fallait bien qu'il meure un jour et Dieu va être tellement content d'avoir un si gentil chien au paradis.

J'avais six ans à l'époque et j'avais été témoin de l'accident. J'avais vu ces gens dans une vieille Rambler rose faire exprès un écart pour écraser mon chien.

— Tout le monde va au paradis, maman ?

— Oui, ma chérie, et un jour, tu iras aussi. Rappelle-toi toujours que Dieu sera là à t'attendre et qu'il n'y a aucune raison d'avoir peur...

J'avais beau avoir très envie de la croire, j'étais terrifiée. Je n'avais pas la moindre envie de monter là-haut retrouver le vieux Grey, qui pourtant me manquait tellement.

Comment suis-je censée réagir ? Que dois-je faire ? Pleurer ? Simplement continuer à vivre, je suppose. Si des milliers de Juifs ont pu mourir dans les fours crématoires et que des jeunes gens peuvent aller faire la guerre, quelque part dans ce cœur qui bat dans ma poitrine je trouverai le courage de continuer. Il le faut bien.

Je suis étendue par terre, le soleil est brûlant, mon bébé est tellement beau, et Sam... Peut-être que mon séjour à l'hôpital n'a été qu'un rêve, comme celui que j'avais eu cette nuit-là. C'était la nuit dernière et maintenant me voilà réveillée.

Sam me pose sur la tête une couronne de marguerites.

— Où as-tu appris à les fabriquer ?

— Dans mon camp de « girl scout ».

Je me mets à rire et m'étends en arrière.

— Ce soleil est merveilleux.

— Le Dr Wilde a dit des tas d'horreurs à l'hôpital.

50

— C'est un faisan.

— Tu veux en consulter un autre ?

— Je ne veux pas en parler.

— Tous les docteurs que nous avons vus sont d'un avis différent... On devrait peut-être aller à la Niles Cancer Clinic.

— À Vancouver ?

— Ça n'est jamais qu'à trois cents kilomètres.

— Je veux rester ici, comme ça tout simplement, jusqu'à la fin
de ma vie. Je suis heureuse... Oh, boucle-la, tu veux bien ?

Il détourne la tête et sort des sandwiches du panier.

— Tu veux une tartine de beurre de cacahuète et de confiture ?

— Je veux la paix et un peu de silence.

Il prend son appareil photos et commence à nous mitrailler.
Sam fait des photos formidables. Moi, je n'ai jamais pu. Nous en
avons de merveilleuses de Jill. Nous avons trouvé un moyen
infaillible de la faire rire pour la photographier. Nous faisons
semblant d'avoir le hoquet. Elle trouve ça hilarant. Elle rit comme
un bébé hippopotame, la bouche grande ouverte.

— Bébé, tu deviens vraiment grasse à lard, lui dit Sam.

— Comment ça ? Elle n'a que trois mentons.

— J'ai bien l'impression qu'un quatrième s'annonce.

Il prend cliché sur cliché. Jill se hisse en rampant sur mon
ventre.

— C'est vrai qu'elle est plutôt lourde, maintenant que tu en
parles...

— Tiens-la... Voilà, c'est ça, terrible !

Elle commence à arracher les marguerites de ma couronne.

— Elle démolit tout ton travail, mon chéri.

Il sourit.

— Je t'en ferai une autre.

— On peut lui laisser manger les pétales ? C'est bon pour
elle ?

— Évidemment que c'est bon. C'est formidable. Rien de tel
que les pétales de marguerites pour faire grandir les bébés et les
rendre costauds !

Je ne vais donc pas voir mon bébé grandir ? Cette pensée me
vient seulement à l'instant. Non, pourquoi Dieu ferait-il ça ? Il n'a
pas besoin de moi, pourquoi se donnerait-il ce mal ? Je me rappelle

ce poème d'Edgar Poe que nous apprenions à l'école sur cette fille, Annabel Lee. Elle mourrait et il disait que les dieux étaient jaloux d'eux. Êtes-vous jaloux de nous, mon Dieu ? Il ne faut pas. Nous nous disputons, nous avons des problèmes, nous ne sommes pas riches. Sam n'a même pas de boulot. Vous n'avez pas à être jaloux de nous.

Sam me regarde.

— Ma chérie.

— Est-ce que nous sommes trop heureux ? C'est pour ça ?

— Mais non.

Il s'étend tout contre moi, me prend la main. Nous sommes tous les trois allongés au soleil. C'est ça, la réalité, nous avons ça maintenant, oublions le reste.

Je crois en Dieu, mais je me demande bien pourquoi. Simplement parce qu'on m'a seriné toute ma vie qu'il existait ? Peut-être. Mais aussi parce que j'ai été témoin de choses que je ne peux pas expliquer. Je crois que Jésus a peut-être existé vraiment et qu'il a en effet accompli les actions qu'on lui attribue. Mais pour le paradis, je ne sais pas trop. À mon avis, Jésus voulait que nous nous aimions les uns les autres sur cette terre parce que la terre est notre paradis. La terre est imparfaite, mais c'est forcé. Je ne pense pas que nous ayons envie d'un endroit parfait, une sorte de paradis où les rues seraient pavées en or et l'eau jaillirait de torrents écumeux. S'il existe quelque part, il faut que ce soit ici.

Je crois que je suis trop humaine pour pouvoir apprécier un endroit comme le paradis est censé être. Je ne pourrais pas savourer la « perfection ». J'aime commettre des erreurs, on en tire toujours un enseignement. J'aime savoir ce qui se passe. Mon mariage avec David, même s'il a mal marché, m'a beaucoup appris.

Je sais qu'il nous faudra retourner à un hôpital quelconque, peut-être celui de Vancouver. Je ne peux pas y échapper. Mais je veux me pénétrer le plus profondément possible de ces quelques jours que nous passons ici. Quand nous faisons l'amour, je veux en savourer chaque seconde, beaucoup plus qu'avant. Je veux montrer à Sam que je l'aime. Même s'il veut me laisser tomber après ça, si la situation s'aggrave, d'accord. Qu'il s'en aille. Je comprendrai. Je ne veux pas que mon amour pour lui soit un fardeau, une entrave. Je veux qu'il sache que quelqu'un l'aime à ce point-là. Je veux qu'il ait connu ça. Parce qu'il le mérite... Il est si bon, si tendre...

Je voudrais que ce week-end dure à jamais. Me balader tout simplement, pieds nus, des boutons d'or dans les cheveux. Me lever à l'aube pour voir le soleil surgir à l'horizon. Laisser Jill se vautrer dans l'herbe. Tout est nouveau pour elle maintenant. Elle est assise là, une fleur à la main et elle la regarde fixement. Les bébés doivent être émerveillés en permanence. Elle reste là à examiner la fleur, à la tourner dans tous les sens. Pas une seconde elle ne se dit qu'elle perd son temps, qu'elle devrait faire autre chose. J'ai beaucoup appris avec elle. Les bébés sont des sages, à mon avis.

Une nuit, nous étalons une couverture dehors et nous nous étendons pour regarder le ciel, les étoiles. Il y a des étoiles filantes en pagaïe. Quand on est couché comme ça, le ciel est si grand et on se sent si petit...

— Écoute, Sam...

— Hmmm ?

— Si... enfin, si tu veux qu'on se sépare, pars maintenant, d'accord ? Ça me sera égal. Franchement... Je peux aller à Vancouver.

— Tu as vraiment une haute opinion de moi, hein ?

— Non, ce n'est pas dans ce sens-là que je le disais... Je veux simplement que tu te sentes libre.

— Je le suis.

— Aucun, comment dire, sens des responsabilités... comme tu m'as raconté, quand ton oncle était mourant, et que ça prenait tellement de temps et que ta tante...

— Ma chérie, c'est différent.

— Peut-être pas. (Je voudrais m'exprimer mieux, mais ne trouve pas les mots qu'il faudrait.) Écoute, promets-moi simplement, si jamais tu veux t'en aller, tu t'en vas, d'accord ?

— Mais oui.

Il me tient dans ses bras et le ciel bleu nuit concrétise le monde entier. Si je pouvais mourir maintenant. Non, je ne veux pas. Même si je voulais, il me faudrait encore...

— J'espère que je pourrai encore avoir des enfants... Tu crois que je peux ?

— Je ne sais vraiment pas, ma chérie.

— On pourrait en faire un tout de suite... Non, Jill est trop petite, ça ne serait pas juste pour elle, je suppose... Il faut que je lui consacre tout mon temps... Qu'est-ce qu'il vaut mieux, comme différence d'âge ? Deux ans, peut-être ?

— Ça m'a l'air très bien.

— Ça m'est égal qu'on se marie pas, ça n'a aucune importance... Tu serais formidable, avec un petit garçon.

— Ouais, j'aimerais beaucoup.

J'imagine tellement bien Sam avec un fils. Il serait d'une telle douceur. Il ne lui donnerait jamais l'impression qu'il doit jouer au petit dur pour être un homme. Il lui apprendrait exactement comment se conduire. Il lui montrerait des choses. Il le fera aussi avec Jill, bien sûr, mais je pense qu'il serait encore plus merveilleux avec un garçon. Un petit garçon qui aurait des cheveux bouclés, comme Sam. Il dit qu'il était rouquin quand il était petit. J'adore les poils de carotte.

Dimanche, et c'est notre dernier jour. Demain matin, nous partons pour Vancouver. La journée est belle, nous la passons dehors. Jill est en train d'attraper un coup de soleil, mais rien de très grave. Bien qu'elle soit si blonde, elle ne semble pas avoir la peau trop délicate. Je lui ai quand même passé de l'huile sur le corps pour la protéger.

Alors que nous rentrons à la maison pour le dîner, j'aperçois quelqu'un assis sur le banc devant la porte. C'est David. Je le reconnais à l'instant même où je le vois, bien qu'il soit à demi détourné. Comment est-il arrivé là ? Comment a-t-il... Non, il n'a rien à faire ici, bon sang !

Sam, parce que c'est dans sa nature, le gratifie d'un grand sourire.

— Paix... Bienvenue... Comment t'appelles-tu ?

Ça pourrait être quelqu'un qui est venu pour nous tuer, Sam... Pourquoi s'imagine-t-il toujours que les gens sont gentils ?

— C'est David, dis-je à mi-voix.

— Non, impossible, réplique-t-il, assez fort pour que David l'entende. Il n'a pas quatorze têtes et le corps couvert d'écailles vertes.

Ça ressemble tellement à Sam, de dire quelque chose dans ce goût-là et de façon à être entendu. J'ai peut-être décrit David à Sam bien pire qu'il n'était. Je ne sais pas trop. Pour me justifier de l'avoir quitté, sans doute. En soi, ça n'était pas tellement grave, à mon avis, mais ce qui était vraiment absurde, c'était de partir ainsi en laissant juste un petit mot. Seulement, j'avais essayé de m'expliquer avant d'en arriver là, j'avais essayé un million de fois et David n'avait jamais voulu m'écouter. Il n'a jamais pris mes problèmes au sérieux. S'il avait bien voulu, s'il s'était donné la peine d'en discuter avec moi, peut-être serions-nous encore ensemble. En un sens, je suis presque contente qu'il ne l'ait pas fait, sinon je n'aurais jamais rencontré Sam.

David, assis sur le banc, nous regarde nous rapprocher. J'ai l'impression qu'une main brutale me tord l'estomac. Va-t'en David ! Disparais en fumée. Je détiens un pouvoir magique et il suffit que je regarde quelqu'un pour le transporter à des millions de kilomètres. Voilà ! Mince, il est toujours là !

— Pourquoi es-tu venu ici ? je demande en m'efforçant d'être calme, de ne pas montrer ma colère.

— Pour voir mon enfant, dit-il en me regardant fixement.

Pourquoi me fait-il ça ? Je me sens me recroqueviller, je déteste ce regard !

— Elle n'est pas à toi... elle est à moi, je réplique, me rendant bien compte que c'est puéril.

— C'est ta mère qui m'a appris son existence, dit-il. Ça ne lui était même jamais venu à l'esprit que je n'étais pas au courant.

De quoi se mêle-t-elle ? Pourquoi a-t-elle éprouvé le besoin de le prévenir ? Elle n'est même jamais venue voir Jill, c'est dire à quel point elle s'y intéresse ! En quoi est-ce que ça la regarde ? Tout ça est tellement dingue. J'ai toujours eu l'impression que maman trouvait David trop bien pour moi. Vous vous rendez compte ? Je ne trouverai peut-être jamais un homme assez bien pour Jill, mais maman, elle a pratiquement essayé de persuader David de ne pas m'épouser ! Il ne savait pas dans quoi il s'engageait, disait-elle, il devrait d'abord finir ses études. Pas un mot sur moi. Oh, ils s'entendaient, comme larrons en foire. Je parie qu'ils ont dû s'en payer, à parler de moi après que je l'ai quitté. Je les entends d'ici... elle a toujours été empoisonnante, elle ne nous a jamais fait que des emmerdements... Je les déteste, tous les deux !

— J'ai signé les papiers pour le divorce, dit David.

— Ça ne fait jamais qu'un an que tu les as.

— Mais je les ai signés avant de savoir, pour l'enfant.

— Elle s'appelle Jill, intervient Sam.

— Il n'a pas besoin de savoir son nom, je m'écrie, furieuse contre eux deux, mais surtout contre Sam.

— Écoute, elle a un nom, elle n'est pas simplement « l'enfant »... Pourquoi ne le connaîtrait-il pas ? (Souriant, Sam se tourne vers David.) Elle s'appelle Jill Patricia Hayden... Jill, comme sa grand-mère maternelle, Patricia comme la petite sœur de Kate, et Hayden, comme moi. (Il penche la tête de côté.) Elle te ressemble. Kate a dit qu'elle te ressemblait, quand elle est née.

— J'aimerais passer un peu de temps avec elle, dit David.

— Eh bien, entre... Dîne avec nous.

— J'aimerais beaucoup.

Ah vraiment, c'est merveilleux ! Sam, qu'est-ce qu'il te prend ? Tu ne vois donc pas dans quel état je suis ? Comment peux-tu être aussi gentil avec n'importe qui ?

Nous entrons. Je ne dis pas un mot. Je reste plantée là, à me mordre les lèvres, me sentant trahie, abandonnée. Sam, plein de cordialité, tend Jill à David. Elle est si sociable avec les inconnus qu'elle reste assise sur ses genoux, souriante. Hurle, bébé, crie ! Oh, tout le monde me trahit ! Non, ce n'est qu'un bébé. Pour elle, David pourrait être n'importe qui.

Je me rends dans la chambre et Sam me suit.

— Va-t-en, je lui dis.

— Écoute... C'est tellement pénible de se montrer civilisé ?

— C'est pénible pour *moi !*

— Mais non, ça vaut mieux.

— C'est pénible, Sam !

Il me prend dans ses bras. Il est tellement bon, Sam. Il ne peut pas savoir ce que c'est, il n'a jamais été marié. Quand on vit simplement avec quelqu'un, c'est différent, je pense et, de toute façon, je suis la seule personne avec qui il ait vécu. On s'engage vraiment quand on épouse quelqu'un, — et ça peut être assez horrible quand on commence à se sentir pris au piège. On pourrait peut-être éprouver ce genre de sensation en vivant simplement avec quelqu'un, mais je pense quand même que ce serait différent.

Le dîner. Je n'ouvre pas la bouche. Qu'est-ce que je pourrais dire ? Je reste assise là, à les regarder tous les deux et à les écouter. Ça serait intéressant, si je n'étais pas aussi nouée à l'intérieur, de voir Sam et David ensemble. David est plus beau, — c'est ce que penseraient la plupart des femmes, je suis sûre. Même ici, en train tout bêtement de tartiner de la moutarde sur son pain, il a cette expression pensive, sérieuse, cet air de dire je-sais-ce-que-je-fais. Sam est plutôt comique, à faire le clown. Il y a une sorte de douceur chez Sam... Ce mot peut paraître bizarre, appliqué à un homme, mais il voudrait tellement que David et moi nous nous raccommodions, comme s'il était notre mère ou je ne sais quoi. Au lieu de se montrer jaloux, comme le seraient certains gars... Dis donc, c'est ma bonne femme, hein ? Non, jamais il ne ferait ça. Ce n'est pas son genre.

— Il devrait être possible, théoriquement du moins, pour deux personnes de s'aimer, puis de cesser de s'aimer, mais d'arriver quand même à dialoguer, dit Sam. Ils continuent à être des êtres humains, non ? Alors pourquoi ne pas se montrer honnête et oublier tout le reste ? Le passé, c'est le passé. Tournez-vous plutôt vers l'avenir, occupez-vous des détails pratiques.

— Mais comment donc, je dis.

David ne pipe pas, il continue à mâcher son sandwich.

Sam lève la main et l'agite d'un geste théâtral.

— Que jamais l'on ne dise qu'un homme, en quête de paix, d'amour et de compréhension, si humble soit-il, les a recherchés en vain.

David me regarde, l'air sarcastique.

— À quoi il carbure ?

— À rien. (Je ne peux m'empêcher de sourire.) Il lui arrive d'être comme ça.

— C'est inquiétant !

— Moi ça me plaît, dis-je, le regardant droit dans les yeux.

Le silence retombe. Formidable, ce dîner, vraiment !

— Ta bagnole est bourrée, dit Sam. Où est-ce que tu vas ?

— À Pullman. À l'université.

Sam regarde David avec admiration.

— Eh ben dis donc ! Qu'est-ce que tu étudies ?

— La géologie, répond David.

Sam, tu vaux mieux que dix milliards de David, malgré tous les examens imbéciles qu'il a pu passer ! Tu ne le comprends donc pas, espèce d'idiot ?

David me regarde.

— J'ai consulté un avocat, dit-il. Tu ne m'as pas dit que tu étais enceinte lorsque tu as demandé le divorce, et c'est ce qu'on appelle « omettre un fait matériel ». Et cela signifie que je ne suis pas obligé de t'accorder le divorce. Et je peux obtenir la garde de l'enfant.

Je refuse tout simplement de croire une chose pareille. Personne ne peut être à ce point cruel. Je ne crois même pas qu'il ait raison. Qu'est-ce que c'est que cette loi ? Donner un bébé à son père qui s'est toujours foutu éperdument des enfants, qui n'en voulait même pas ? David disait toujours que le monde était trop pourri, qu'il ne voulait pas que nous soyons ligotés par un enfant. Je me disais toujours que si jamais je devenais enceinte, il se ferait une raison, il accepterait, mais il n'a jamais voulu un enfant, jamais.

— Tu ne l'auras pas, dis-je.

— Pourquoi veux-tu la prendre ? demande Sam. Tu as une passion pour les bébés ?

Il demande ça de son air innocent, comme s'il était intrigué, tout comme il l'a fait en interrogeant David sur ses études. Il joue un peu la comédie, Sam, il n'est pas à ce point innocent. Il fait marcher David.

— Je n'ai pas dit que je la voulais, répond David. J'ai dit que je pouvais l'avoir.

Sam se tourne vers moi.

— Je vois ce que tu voulais dire.

David ne prête aucune attention à Sam, comme s'il n'était même pas là. Il sait peut-être que je suis plus vulnérable. Si Sam n'était pas là... Non, je ne veux même pas y penser, je serais en train de hurler, en pleine crise d'hystérie. Je me sens d'ailleurs prête à exploser, mais la présence de Sam m'aide à me contrôler.

— Franchement, je ne vois même pas pourquoi tu veux un bébé, me dit David. Comment se fait-il que tu ne te sois pas fait avorter ? (Il se tourne vers Sam.) Tout ce que j'ai entendu pendant un an et demi, c'est le genre... laisse-moi m'en aller ! Je me sens prisonnière, nous avons commis une affreuse erreur, je suis ligotée, je déteste faire ton lit, repasser tes chemises, je déteste avoir des responsabilités, je ne suis pas prête...

— Ta gueule !

Je hais David quand il se conduit ainsi. Il réussit à me massacrer à l'aide de mots, il m'attaque sans pitié, il déforme tout ce que j'ai dit.

— Et te voilà en train de t'occuper d'une maison, d'un homme, d'un bébé... Qu'est-ce qui s'est passé ? Comment expliquer ce grand miracle ?

— Je porte des T-shirts, dit Sam.

— J'ai grandi, dis-je.

Je pourrais dire : c'est différent quand on aime quelqu'un, mais outre que ce serait cruel, ça n'est pas tout à fait vrai, je veux dire, ça n'est pas là la véritable différence. C'est seulement que Sam ne s'intéresse pas à ce genre de choses ; avec lui, je n'ai pas l'impression qu'il m'a achetée pour lui servir de bonne et qu'il va me mettre à la porte si je ne me conduis pas comme il faut. D'abord, parce que tout ça lui est parfaitement indifférent, contrairement à David, mais aussi parce qu'il estime que ça ne regarde que moi. Si j'ai envie de le faire, d'accord. Et dès que le ménage cesse d'être une obligation, il cesse du même coup d'être une corvée. J'aime bien les tâches domestiques, aussi curieux que ça puisse paraître. Je n'y passerais pas toute la journée, d'accord, mais j'aime que la maison soit propre et en ordre, à condition que personne ne m'oblige à la nettoyer ou ne se mette en colère si un matin j'ai envie de rester au lit pour écrire un poème plutôt que d'aller dégivrer le réfrigérateur.

— Je suis franchement épaté, est en train de dire David. Non, je vous assure, c'est un vrai miracle... Devenir en un an, de la petite môme geignarde que tu étais...

— Pourquoi m'as-tu épousée si j'étais une petite môme geignarde ?

— Tu n'étais pas comme ça quand je t'ai épousée !

— Eh bien, alors...

— Dites-donc, vous deux, ça va comme ça, intervient Sam.

Nous le foudroyons tous les deux du regard.

— Je ne voudrais pas me montrer insultant, reprend Sam, mais puisque vous parlez de petits mômes, on ne peut pas dire que vous soyez l'un ou l'autre tout à fait...

— Écoute, Kate est peut-être une mère formidable en ce moment, coupe David. C'est bien possible. Mais que se passera-t-il lorsque aura lieu la prochaine grande mutation ? Quand elle se laissera séduire par un autre mode de vie ? Qu'est-ce qui arrivera ?

— Ça n'est pas juste, dit Sam.

— Et c'est juste d'élever un enfant quand on plane au hasch ou à je ne sais quoi ?

Je me lève.

— Mais c'est incroyable ! Je n'ai jamais rien entendu d'aussi idiot ! Ça n'est même pas vrai !

Comme si j'étais une sorte de hippy sortie tout droit d'un livre. Il parle comme ma mère. Ou bien on marche droit ou alors on est un camé bavant et écumant qui représente un danger pour les petits bébés. Comment est-ce que j'ai pu épouser un type pareil ?

— Je t'accorderai le divorce si tu me donnes Jill, reprend David. Je l'élèverai comme il faut. Ma mère l'élèvera. Tu la connais, Kate. Tu l'aimes bien. Elle s'en occupera parfaitement, n'est-ce pas ?... Et tu auras ce que tu as toujours voulu. Ta liberté. La possibilité de repartir à zéro. Aucune responsabilité.

Je me mets à pleurer. Il ne peut pas faire ça, c'est impensable ! Il ne peut pas me prendre mon bébé, je ne le laisserai pas faire !

— Écoute, déclare Sam ; Jill a besoin de Kate, Kate a besoin de Jill. J'ai besoin des deux... Est-ce que ça a un sens pour toi ?

— Si on sortait pour parler de tout ça ? suggère David.

— Tu plaisantes, non ?... Pourquoi ne peut-on pas en discuter ici ? Ça regarde Kate, non ?

— Je préférerais te voir seul, insiste David.

Sam fait une grimace comique et sort à la suite de David.

Ils vont s'entre-tuer. Oh, c'est tellement con, tellement épouvantable ! Je vous en prie, mon Dieu, je sais que je ne crois pas au ciel et à tout ça, mais si vous existez, ne le laissez pas me prendre Jill. D'accord ? Je ne demanderai jamais plus rien d'autre, je le promets. Juste ça.

J'entre dans la chambre pour la regarder. Elle dort sur le dos. Les bébés ont l'air si vulnérables quand ils dorment comme ça sur le dos, les bras et les jambes écartés, comme un chiot qui a envie qu'on lui caresse le ventre. Elle porte une petite combinaison en élastiss rose, un peu trop serrée autour de son cou à cause de ses mentons. Il lui faut déjà une plus grande taille, je crois bien. Elle n'a jamais de couverture, — elle la rejette à coups de pied, mais elle n'a pas froid, sa combinaison est en laine. Mon chaton, il n'a pas fait le moindre commentaire sur toi, il n'a même pas dit que tu étais jolie, que tu étais sage. Il te tenait comme un sac de pommes de terre.

C'est vrai que j'aime bien la mère de David. J'ai beaucoup de sympathie pour elle, franchement. En fait, je la préfère à David. Peut-être parce que je crois bien qu'elle le trouve un peu conformiste elle aussi, un peu trop rigide. Et il la prend pour une espèce de cinglée parce qu'elle va à des manifestations contre la guerre et qu'elle dit avoir été une féministe avant la lettre. Elle est formidable, mais... eh bien, elle a soixante ans et c'est trop vieux ! D'ailleurs, même si elle n'avait que quarante ans, la question n'est pas là. Je veux mon bébé. Il a peut-être raison. Quand je vivais avec lui, j'étais peut-être ce qu'il prétend, mais j'ai changé depuis. Pourquoi ne s'en aperçoit-il pas ? Parce qu'il ne veut pas admettre que c'était lui qui me rendait comme j'étais ?

Il ne veut pas Jill ! Il n'a même pas envie de l'avoir ! Il veut seulement me faire du mal, c'est tout. Je ne veux pas te faire de mal, David. Je veux seulement que tu t'en ailles et que tu ne reviennes jamais. Je ne te demande même pas de pension pour moi ou pour la petite. C'est toi qui peux être libre, habiter un joli appartement, voyager comme tu en as envie et peut-être épouser plus tard une géologue qui donnera des soirées, comme tu l'as toujours voulu. Qu'est-ce que tu ferais d'un bébé ?

J'entends la voiture de David démarrer au dehors. Eh bien, il y en a au moins un des deux qui a survécu. Non, c'est idiot de dire ça. Sam a horreur de se battre. Il dit que quand il était petit, les autres se fichaient de lui parce qu'il n'aimait pas la bagarre. Ça n'était pas qu'il avait peur, mais il ne croyait pas à la violence.

Il revient dans la maison.

— Lequel a tué l'autre ?

— On est morts tous les deux !

Je me mets à rire. Je suis si heureuse que ce soit terminé, que David soit parti.

— Allez, raconte, dis-moi ce qui s'est passé.

— Il a compris.

— C'est vrai ? (Je le dévisage brusquement ? Je trouve qu'il fait une drôle de tête.) Tu lui as parlé de ma... tu lui as dit que j'étais malade ?

Sam acquiesce d'un signe de tête.

— Oh, Sam, pourquoi ? Quel besoin a-t-il besoin de savoir ?

— Je ne sais pas... Je crois que c'est important.

— Tu veux dire qu'en temps ordinaire, ça n'aurait pas d'importance qu'il prenne Jill, mais pas en ce moment où je suis malade ?

— Écoute, ma chérie, je t'en prie... On voulait Jill, on l'a eue... C'est ça qui compte, non ?

— Oui, je suppose. (Je pousse un soupir.) Il est délicieux, n'est-ce pas ?

— Adorable... Tu as un goût infaillible, pour les hommes.

— Comme tu dis !

Je prends une tartine de beurre. Je me sens brusquement affamée. Je n'ai rien mangé pendant le dîner.

— Il est toujours comme ça ?

Je bois une gorgée de vin.

— Pas à chaque seconde. Mais je suis contente que tu aies vu comment il pouvait être. Sinon, tu aurais peut-être pensé que je l'inventais.

— Non, sûrement pas.

Adieu, David. Ça n'a pas marché...

La Niles Clinic est la meilleure. Nous décidons d'y aller et de voir. Nous avons de nouveau un long trajet à faire pour arriver jusqu'à Vancouver. Sam conduit, je suis assise à côté de lui, Jill sur les genoux. Elle regarde par la fenêtre, sourit, émet pour elle-même ces étranges roucoulements, comme un oiseau. Je me demande ce qu'elle voit. Elle ne sait pas où nous allons, elle ne sait pas que nous sommes dans une voiture, ou ce que sont des arbres ou une montagne. Mais ça doit avoir une signification pour elle, car elle n'arrête pas de se parler dans son langage d'oiseau, en agitant ses petites mains potelées comme si elle dirigeait une symphonie.

Nous chantons de temps en temps, nous bavardons. Mais nous ne parlons pas de l'endroit où nous allons ni des raisons qui nous y mènent. Tout au fond de moi, je sais que ça ne sera pas différent, je subirai les mêmes examens, je verrais les mêmes visages de médecins, froids, figés, indifférents. Mais il semble qu'ils doivent trouver une autre solution que l'amputation de ma jambe. On n'arrête pas de parler du cáncer dans les journaux, et des recherches pour essayer de le guérir. Ils ont quand même dû progresser un peu et ne plus se contenter de dire : on vous coupe la jambe ! Si encore il s'agissait de me couper un sein, — eh bien, ça me gênerait moins. Oh, ça me gênerait aussi, bien sûr... mais c'est l'idée de ne pas pouvoir circuler, d'être infirme ! Personne ne le verrait, si j'avais un sein en moins, sauf Sam, et il... eh bien, je ne sais pas quel effet ça lui ferait. Mais si on me coupait une jambe, tout le monde s'en apercevrait. Jill me verrait comme ça. Ne me laissez pas être lâche. Je ne veux pas l'être. Je veux simplement vivre, m'occuper de Jill et de Sam. Est-ce tellement demander ?

La Niles Clinic est gigantesque. Pendant plusieurs jours, je subis de nouveau tous les examens. On me fait ce qu'on appelle un scanning osseux. On m'injecte une drogue radioactive dans la veine du bras. Et puis un jour ou deux plus tard, on me met sous une machine qui détecte les endroits suspects ou les parties du corps où s'est fixée la drogue radioactive, ce qui indique les zones les plus actives de la tumeur. Je reste étendue là une heure, ça me paraît interminable, bougeant le moins possible, pendant que le bras de cette machine se balade au-dessus de moi, détectant les points chauds et les enregistrant sur pellicule.

On me fait une scintigraphie du foie. L'appareil est une sorte de Polaroïd Couleur Pack II noir et blanc monté sur un ordinateur de 50 000 dollars et qui peut prendre des photos de n'importe quoi, — le cœur, le cerveau. Et voilà, on me montre le cliché, — une petite photo noire et blanche de mon foie. Incroyable !

J'essaye de me projeter dans la tête mes petits films personnels, mais ils ne cessent de s'effacer pour céder la place aux visages des médecins. Il faut que je raconte tellement souvent mon histoire... quand ai-je remarqué la bosse pour la première fois, qu'ont dit les autres médecins, quand a-t-on fait les premières radios... Je répète sans arrêt la même chose.

On a mis un berceau et un lit pliant dans ma chambre pour que Sam et Jill puissent rester avec moi, ce qui est très bien, sauf que Sam me tape sur les nerfs de temps en temps. Je n'ai pas envie de plaisanter ni même de parler. Et puis, quand j'en ai envie, quand j'ai besoin de lui, il n'est pas là. Est-ce qu'il va se conduire comme ça tout le temps ? Venir un instant pour ensuite redisparaître ? Sam, viens, je t'en prie.

Le Dr Gillman, le médecin en chef, m'aperçoit dans le couloir.

— Vous ne devriez pas être debout, Kate, dit-elle. Il ne faut pas fatiguer votre jambe.

Ça me fait drôle, de voir une femme diriger tout le service des cancéreux. Je veux dire, je sais qu'il y a des femmes médecins, mais je n'en ai jamais consultées et je ne connais personne qui se fasse soigner par une femme. Est-elle compétente ? C'est horrible d'avoir de tels préjugés, mais je me demande si une femme peut être aussi qualifiée qu'un homme, en savoir autant... Mais je l'aime bien. Elle me rappelle ma grand-mère, la mère de papa, qui a habité chez nous pendant près d'un an avant de mourir. Ça peut paraître drôle, puisque le Dr Gillman a trente et quelques années et que ma grand-mère avait plus de soixante-dix ans. Mais il y a quelque chose dans ses yeux, dans sa voix, si calme, si assurée. Je me rappelle que j'allais trouver ma grand-mère dans sa chambre quand je rentrais de l'école. Elle était assise dans son fauteuil, en train de travailler à un de ses couvre-pieds en patchwork. Elle me laissait l'aider, je coupais les effilochures des petits carrés pour qu'elle puisse les ourler et les assembler. Je crois que sa présence à la maison énervait maman. Elle disait qu'on n'avait pas assez de place et que grand-mère était toujours dans ses pattes. Mais papa adorait sa mère et ne voulait pas la mettre dans une maison de retraite où tous les pensionnaires sont si malades, ont des attaques et des trucs comme ça. Ç'aurait été trop cruel. Vers la fin, elle était retombée en enfance. Elle empilait six jupons les uns sur les autres parce qu'elle avait peur que quelqu'un lui vole ses affaires, elle perdait tout, elle partait de la maison au hasard et se perdait. C'était sûrement pénible pour maman, mais moi, je l'ai toujours adorée.

— Vous êtes un bon médecin ? je demande brusquement.

Le Dr Gillman sourit.

— Très bon. Pourquoi ?

— Je n'ai jamais été soignée par une femme.

— Vous ne pensez pas qu'une femme puisse être un bon médecin ?

— Je suppose que... Je ne sais pas... Est-ce qu'on vous a confié ce service parce que nous sommes tous des cas désespérés ?

— Parce que c'est le service des enfants. (Elle me sourit.) Des enfants qui ne restent pas au lit comme on leur demande.

— Je commence à avoir mal aux fesses, dis-je pour me défendre.

— Je vais vous faire apporter une béquille.

— Chic, alors !

Ce que j'aime chez le Dr Gillman, quand je la compare à ce docteur de Spokane, c'est qu'elle me traite comme un être humain.

Lui me traitait comme si j'étais une chose, un « cas ». Je sais bien que tous les malades représentent des cas pour les médecins, ils ne peuvent pas se sentir personnellement concernés par chacun d'entre eux, mais ça fait une telle différence quand ils vous regardent comme s'ils se souciaient de votre sort, comme si vous aviez de l'importance à leurs yeux, si peu que ce soit.

Elle revient après le déjeuner et s'assied à côté de mon lit.

— Il faut que nous parlions de votre traitement, dit-elle.

Je suis de nouveau terrifiée. J'avais eu un répit pendant un certain temps, mais voilà que la peur m'envahit brusquement. J'ai l'impression qu'on vient de me rabattre un capuchon sur la tête.

— Ne me coupez pas la jambe...

J'ai la bouche sèche. Je me passe la langue sur les lèvres, les yeux rivés sur le visage du Dr Gillman.

— D'après le scanning, le mal n'a peut-être pas gagné d'autres parties de votre corps, ce qui est surprenant, étant donné tout le temps que vous avez attendu.

— Mais je n'ai pas attendu ! J'ai vu un docteur, et il a dit...

— Oui, je sais... Mais vous avez quand même un peu attendu.

— J'étais enceinte, et...

— Je comprends, Kate... Et ces médecins qui vous ont parlé de bursite se sont trompés. Ce genre d'erreur de diagnostic est extrêmement regrettable... Mais tout ça, c'est terminé maintenant. Et l'amputation reste la meilleure solution.

— Est-ce que ça me débarrassera du cancer ?

Elle hésite.

— Peut-être...

— Mais s'il ne s'est pas répandu...

— Il y a une possibilité, Kate... Je ne veux pas vous mentir. C'est tout ce qu'il y a, une possibilité.

— Pourquoi ne peut-on pas me guérir, d'une autre façon, et pour de bon ?

— Un jour, on pourra.

— Mais ça ne me servira à rien, n'est-ce pas ?

— Toutes ces recherches prennent du temps. Il faudra longtemps pour découvrir ce qu'est exactement le cancer, et ensuite, il faudra trouver un moyen de le guérir.

— Et moi, je vais me retrouver unijambiste et de toute façon, condamné ! Formidable !

— La seule autre solution, c'est la chimiothérapie et les rayons. Les rayons pour tuer le cancer dans l'os. Les médicaments pour l'empêcher de gagner d'autres endroits du corps... Vous connaissez les séquelles possibles des rayons. Les médicaments risquent de vous faire perdre vos cheveux, de provoquer des diarrhées et des nausées.

— Est-ce que je pourrai avoir d'autres enfants ?

— Non, impossible, Kate, je suis désolée.

— Jamais ?

— Non.

Je détourne la tête. Je ne veux pas pleurer, je vous en prie ! Oh Seigneur, aidez-moi à être forte, il faut que je le sois ! Je sens sur moi le regard inquiet, plein de douceur, du Dr Gillman. Je ne peux pas parler.

— Kate ?

— Vous avez remarqué que Sam n'est jamais là quand j'ai besoin de lui ? je demande brusquement avec emportement. C'est vrai, vous savez ! Jamais ! Monsieur Courant d'Air !... Vous savez où il est ? En train d'auditionner. Il va passer une audition juste au moment où j'ai besoin de lui ! Qu'est-ce qui a le plus d'importance, la *country music* ou ma vie ? La *country music*, haut la main !

— Il a besoin de travailler, Kate, réplique le Dr Gillman avec douceur. Il veut pouvoir s'occuper de vous. Il ne peut pas le faire s'il n'a pas de travail.

— Mais j'ai besoin de lui ici !

Je sors dans le couloir pour essayer d'appeler l'endroit où Sam auditionne. Je déteste les cabines téléphoniques, les standards et les standardistes. C'est tellement humiliant de téléphoner et de n'obtenir aucune réponse.

— Non, je suis désolé, nous ne savons pas où nous pouvons le joindre...

Les salauds ! Je ne peux plus avoir d'enfant, Sam ! Je n'aurai jamais ton bébé ! Ça t'est donc égal ? Pourquoi n'es-tu pas ici ? Je m'adosse au mur et ferme les yeux.

Brusquement, je vois Sam, qui passe devant la cabine téléphonique, avec Jill sur son dos, dans le porte-bébé. Il ne me voit pas. Je reste où je suis et une minute plus tard il revient. Je lève la tête vers lui.

— J'ai l'impression qu'un peu de musique vous remonterait le moral, madame, dit-il.

Je le fixe d'un regard furibond.

— Allez, reviens te coucher. Tu ne devrais pas être debout.

— Qu'est-ce que tu en sais ?

Je me sens pleine de rancœur, d'amertume, de désespoir. Ma jambe me fait mal. C'est vrai que je me sens mieux dans mon lit. Sam sort sa guitare et commence à égrener quelques accords. Il a mis Jill dans son berceau, dans un coin de la chambre.

— Je ne peux prendre aucune décision sensée sans toi et tu n'es jamais là, je commence.

— Ce matin, tu m'as dit que je te tapais sur les nerfs.

— Évidemment, je n'avais pas besoin de toi pendant que je passais des examens... N'importe quel crétin le comprendrait !

Il continue à jouer en sourdine.

— Et arrête de te cacher derrière cette guitare idiote !

Je l'ai blessé. Son visage se vide de toute expression et il pose sa guitare par terre.

— Écoute, Kate, tu t'imagines que je peux continuer à emprunter de l'argent à mes parents ? demande-t-il, furieux. Il me faut un boulot, il faut bien que je...

— Oh, arrête ! Tu pourrais trouver un boulot du jour au lendemain si tu voulais. À faire la vaisselle. À laver par terre. À conduire un camion. Mais tu n'en as pas envie. Tout ce que tu veux, c'est fiche le camp. T'éloigner de moi, de toute cette histoire... Parce que tu es bien trop faible pour...

— Fiche le camp ? Eh bien parfait, bravo ! Je couche au pied du ton lit depuis que tu es entrée ici uniquement pour m'amuser ! J'ai une passion pour les hôpitaux, figure-toi !

— Tu n'as pas d'autre endroit pour dormir, à l'œil !

— Ça suffit, non ?

Pourquoi est-ce que je fais ça ? Pourquoi est-ce que je détruis ce qui existe entre Sam et moi ? Ai-je besoin de cette souffrance supplémentaire ? Est-ce que je lui en veux simplement parce qu'il n'est pas malade, parce qu'il a deux jambes bien robustes et que personne ne veut lui en couper une, que personne ne le bourre de radioactivité ?

Jill s'agite et je vais la prendre dans mes bras. Je sens que Sam m'observe. Je l'ai blessé, je le sais. Il est en colère. Oh, si seulement nous pouvions nous étendre l'un contre l'autre, nous aimer comme avant. Je nous imagine ensemble, tandis que je prends Jill dans son berceau... Je suis avec Sam dans une grande prairie et le soleil brille.

Je me sens bien depuis que j'ai Jill dans les bras, mieux en tout cas. Elle est si grassouillette, si douce au toucher et elle ne me hait pas, elle ne me regarde pas d'un air furieux. La tenant bien serrée contre moi au creux de mon bras, je commence à lui donner le sein. Je ne peux pas regarder Sam, je ne peux pas, tout simplement.

Brusquement, Dr Gillman entre dans la pièce.

— Ne la laisser pas l'allaiter, dit-elle à Sam.

Elle pourrait s'adresser à moi, au moins ! C'est *mon* bébé !

— Mais elle...

— Vous avez de l'iode radioactif dans l'organisme. C'est le résultat des examens. Il peut très bien passer dans votre lait... Ne la laissez pas téter.

J'écarte Jill de mon sein et elle se met à pleurer. J'ai l'impression que je suis en train de mourir. Je vous en prie, ne m'enlevez pas mon bébé ! Quelle horreur ! J'ai le corps plein de poison, mon lait est contaminé...

— Je ne comptais pas la sevrer avant qu'elle... Je...

— Je vais chercher un biberon, dit le Dr Gillman.

Nous pleurons toutes les deux, Jill et moi. Elle a faim, elle se sent frustrée ; quant à moi, j'ai envie de me rouler en boule, de rabattre la couverture sur ma tête. Oh, c'est trop injuste ! Debout près du lit, Sam caresse la tête de Jill.

— Tu veux que je la prenne ? demande-t-il doucement. Tu veux que je la tienne ?

— Va-t'en.

— Je croyais que je n'étais jamais là quand tu avais besoin de moi.

— Fous le camp !

Le Dr Gillman arrive avec un biberon. Elle me cale le dos avec des coussins.

— Redressez-vous... encore, Kate... Voilà, c'est d'une grande simplicité. Vous la tenez exactement comme pour l'allaiter, et vous lui donnez le biberon... Et arrêtez de pleurer.

Je ne peux pas m'arrêter, les larmes ruissellent sur mes joues. Jill ne veut pas du biberon. Elle détourne la tête. Même elle, elle m'en veut !

— Elle n'en veut pas.

— Laisse-moi essayer, dit Sam.

— Non !

Je serre Jill contre moi. Sam me regarde, incrédule. Je vois le Dr Gillman lui jeter un coup d'œil.

— Vous savez, Kate, ce serait peut-être une bonne idée de laisser Sam lui donner le biberon... Avec vous, elle est habituée au sein. Les bébés, très souvent, acceptent le biberon donné par le père et...

— Ce n'est pas son père, dis-je avec amertume. Et ce n'est pas non plus mon mari.

Le Dr Gillman prend Jill et la donne à Sam. Il s'assoit et approche la tétine de ses lèvres.

— Comme ça ? demande-t-il.

— Tenez-lui la tête un peu plus droite, dit-elle. Voilà... regardez maintenant... Elle est déjà habituée !

— Mais ça n'est pas la même chose que d'allaiter, dis-je.

— Pas tout à fait... Mais les bébés se sentent tout aussi aimés. Ils ne sont pas idiots, les bébés. Ils savent bien si on les aime ou pas.

Je regarde Sam nourrir Jill et je me sens jalouse. Elle a l'air parfaitement à l'aise dans ses bras, effectivement, comme si Sam était sa mère.

— Je croyais que Jill portait le même nom que vous, dit le Dr Gillman à Sam.

— Elle porte mon nom, oui... Kate a été mariée, mais elle a quitté son mari avant la naissance de Jill.

— Elle vous considère manifestement comme son père, dit la doctoresse, avec un sourire chaleureux.

Il lui rend son sourire.

— Ouais, d'ailleurs, je…

— Je trouve en fait que le biberon a des tas d'avantages, enchaîne-t-elle. Pourquoi le plaisir de nourrir un enfant serait-il réservé à la mère ? Je crois que c'est bien pour le bébé de savoir que plusieurs personnes l'aiment et s'occupent de lui.

— Comme ça, s'il arrive quelque chose à la mère, il… je commence à dire, mais le Dr Gillman m'interrompt.

— Comme ça, le bébé ne pense pas que tout son bonheur dépend d'une seule personne.

Je veux représenter pour Jill tout le bonheur du monde, je suppose, et c'est égoïste de ma part, je le sais. Et Sam est tellement attendrissant, assis là en train de la nourrir, la tenant assez maladroitement, mais l'air plutôt content de lui. Il m'effleure d'un bref regard, comme pour quêter mon approbation, puis détourne les yeux. Mais je me sens encore trop nouée au-dedans de moi-même, je ne peux pas désarmer.

— Avez-vous discuté ensemble du traitement ? demande le Dr Gillman.

Sam me regarde.

— Je voudrais bien, moi, dit-il.

— Eh bien, le procédé classique pour traiter un sarcome osteogénique, c'est l'amputation. On enlève la partie cancéreuse. Si le mal ne s'est pas encore répandu, c'est la meilleure solution.

— Ça ne l'intéresse pas.

Sam prend un air écœuré et détourne la tête.

— L'autre solution, dit le Dr Gillman, c'est l'irradiation et la chimiothérapie.

— Autrement dit, je vais perdre mes cheveux, me casser la jambe, avoir la diarrhée et des nausées, dis-je avec amertume.

— Peut-être, dit le Dr Gillman, mais je pense quand même que vous préférez perdre vos cheveux plutôt que votre jambe.

— Dans un cas comme dans l'autre, c'est pas la joie ! dis-je en les regardant tous les deux tour à tour. On ne pourrait pas parler d'autre chose ?

Ils me dévisagent tous les deux comme si j'étais devenue folle. Je me sens folle, d'ailleurs, non, pas folle, mais pleine de rancœur, de haine devant tant d'injustice. Et leur gentillesse rend tout encore pire, je ne sais trop pourquoi. Sans doute parce que je veux m'en prendre à quelqu'un et ils sont les seuls à être assez patients pour rester assis là à m'écouter fulminer.

— C'est du suicide, dit Sam, le regard froid et furieux de nouveau.

Pourquoi ne veut-il pas comprendre ? Est-ce que c'est tellement simple ? Ça lui serait égal, à lui, si on lui annonçait qu'on allait lui couper la jambe, comme ça, du jour au lendemain ?

— Mais toutes ces choses horribles qu'elle va me faire... dis-je, d'une voix qui tremble un peu. Et sans aucune garantie !

— Aucune garantie, dit le Dr Gillman, mais un sursis en tout cas. (Elle tourne les yeux vers Jill qui tète avidement — elle a vraiment l'air d'aimer son biberon.) Le temps de vous occuper de celle-ci... Je croyais que c'était ça qui importait le plus... être une mère.

Je me recroqueville dans le lit, leur tournant le dos à tous, même à Jill. Je voudrais pouvoir expliquer ce que je ressens. Je sais qu'ils trouvent tous les deux que je me conduis comme un enfant, que je n'ai pas le sens des réalités, que je suis immature. D'accord, je suis peut-être trop jeune, alors pourquoi est-ce que je suis malade, pourquoi est-ce que je vais mourir ? S'ils ne peuvent pas comprendre, personne ne pourra, et je ne peux pas supporter cette idée. Je ne peux pas supporter la froideur du regard de Sam. Si seulement quelqu'un pouvait me dire pourquoi c'est arrivé. Mais il n'y a pas d'explication, bien sûr. Je voudrais qu'il y en ait une. Est-ce que ce serait plus facile à supporter, si on me disait : c'est parce que tu es née un vendredi 13, c'est parce que tu t'es enfuie de chez toi, parce que tu as rendu ton premier mari malheureux, parce que ta mère te prenait pour une putain... C'est puéril, de concevoir la vie en termes de « châtiment » de ses péchés, mais quand il vous arrive une chose pareille, comme ça, au hasard, et sans raison, c'est presque pire. Oh, je ne sais même plus ce que je veux. Sinon qu'on me laisse tranquille, pour que je puisse essayer de comprendre. Je me tourne vers eux et je les regarde. J'essaye de garder une voix ferme.

— Je ne veux pas être une mère provisoire, pour un an ou deux simplement. Je veux être une mère jusqu'à ce que je devienne une grand-mère... Je ne peux pas apprendre à marcher sur une jambe pendant que Jill apprend à marcher sur deux, je refuse. Ce ne serait pas juste pour Jill.

Juste à la fin de ma proclamation, Jill laisse entendre un rot retentissant. Voilà pour toi et tes grands discours tragiques, maman ! Sam la tapote dans le dos. Elle a l'air très contente d'elle.

— Ce qui signifie quoi, en termes pratiques ? demande le Dr Gillman.

Sam sourit ; il n'a plus l'air en colère et sa voix est redevenue pleine de tendresse.

— Cela signifie qu'elle veut se réveiller demain matin sans cancer.

J'essaye de plaisanter moi aussi.

— Et trois jambes, je vous en prie. En tout cas, pas moins de deux.

Le Dr Gillman incline la tête, comme si elle était satisfaite.

— Parfait. Alors nous allons commencer les rayons dès demain.

Je me sens tellement soulagée qu'elle ait compris que j'ai envie de pleurer. Je regarde Sam. Jill, à moitié endormie, dodeline de la tête dans ses bras.

— Je peux l'avoir ?

— Bien sûr. (Il me la tend et elle se niche contre moi, toute chaude, sentant encore le lait.) Elle a tout bu, dit-il fièrement.

— Elle va devenir grasse comme un petit cochon, pas vrai ? dis-je en lui posant doucement le bout du doigt sur la joue. Avec tout ce lait...

— Vous allez faire la paix, tous les deux, si je vous fais monter deux dîners ?

— Évidemment, dit Sam,

— Non, dis-je.

Ils me dévisagent tous les deux, surpris.

Je souris malicieusement.

— Je n'ai pas faim, dis-je.

Le Dr Gillman secoue la tête.

— Vous êtes impossible, dit-elle, mais elle le dit gentiment.

Je l'aime vraiment beaucoup. Tous les médecins devraient être des femmes, peut-être.

Quand elle est partie, Sam vient s'asseoir tout près de moi sur le lit. Je prends brusquement conscience de sa proximité, j'ai envie de lui. Je nous imagine tous les deux dans ce lit. Il ne me touche pas, il est simplement assis tout près, mais c'est comme si nous nous caressions.

— Pourquoi est-ce que c'est tellement embrouillé, tout d'un coup ? demande-t-il.

— Je ne sais pas.

Il me prend la main et l'embrasse.

— Je t'aime... Tu l'avais oublié ?

— Non. C'est seulement que... je ne sais pas.

— Dis-le.

— J'ai peur.

— Je sais... Moi aussi. Tout le monde a peur, tout au fond, bébé, toujours.

— Elle se trompe peut-être... Peut-être qu'un autre médecin ailleurs trouverait une autre solution.

Il fronce les sourcils, hésite.

— Je n'ai pas d'argent pour aller ailleurs, dit-il. Et tu n'as pas le temps... Ce centre anticancéreux est le plus grand et le meilleur de tout le nord-est. Le Dr Gillman le dirige. Ou du moins une partie. Elle doit quand même savoir ce qu'elle fait. Il faut que nous lui fassions confiance, bébé. Et nous devons aussi nous faire confiance mutuellement. La confiance joue à 99 % dans toute cette histoire.

Je sais que Sam a raison. Et j'ai confiance dans le Dr Gillman. Il n'y a pas d'autre solution, il n'y a pas d'autre docteur, dans le monde entier probablement, qui aurait autre chose à proposer.

Sam prend Jill qui dort profondément et la met dans son berceau. Quelle vie de famille dingue, nous menons, tous les trois, ici ! Il se penche sur moi et m'embrasse, me serre contre lui. Je sens son cœur qui bat. Il me regarde.

— Maintenant, dis-moi de m'en aller.

— Va-t-en, dis-je en souriant.

— Dis-le sincèrement.

J'enfouis mon visage contre sa poitrine.

— Je ne pourrais pas... Pas pour un empire.

Il m'embrasse de nouveau, puis s'écarte légèrement.

— Ouf... il faut qu'on fasse attention...

— Le Dr Gillman va revenir d'un instant à l'autre, dis-je.

— Je vais nous trouver un appartement, dit-il. Tu partiras bientôt d'ici, et alors...

Je le regarde simplement, j'ai envie de lui, mais ça n'est plus cette fois un besoin déchirant. Nous aurons encore du temps ensemble, Sam a raison.

Il est près de la fenêtre et il regarde au-dehors.

— Ah, au fait, les papiers du divorce sont arrivés par le courrier ce matin.

Il a pris un petit ton très négligent.

Je pousse un grand cri.

— Youppi ! Où est le champagne !

Je me mets à rire, je suis aux anges. La liberté enfin !

— Je réserve ça pour le mariage, dit Sam.

Un long silence s'ensuit.

— Dans le grand au-delà, c'est bien ça ?

— Demain, dit-il carrément. Après ta première séance de rayons.

Il plaisante ou quoi ? Non, il ne ferait pas ça, quand même ! Il est tellement bizarre, Sam, je ne sais jamais s'il parle sérieusement ou pas.

Ma mère nous donnait un milk-shake quand on revenait de chez le dentiste, je déclare.

— C'est vrai, tu sais, dit-il.

Je déglutis.

— On va se marier ? À l'hôpital ?

Sam a l'air tout excité brusquement.

— Weaver et moi, on a rencontré un gars, quand on auditionnait. Il a étudié dans le temps pour être rabbin... Ça te dirait d'être mariée par un apprenti rabbin ?

J'émets un sifflement.

— Maman va avoir une attaque !

— Il est haut comme une montagne et il ressemble à Moïse, dit Sam, l'air ravi. Sauf que sa barbe est plus courte. Ça m'évitera de pécher par orgueil.

Je n'arrive pas à y croire, ça paraît impossible.

— Sam, tu parles sérieusement ?... C'est légal ?

Il sourit.

— Probablement pas... Mais j'aurais un juge de paix dans la coulisse.

Je le regarde, intriguée. Je ne veux pas tout gâcher, mais...

— Pourquoi maintenant ? je demande. Je veux dire, m'épouser, c'est comme de miser sur un cheval à trois pattes. On ne peut pas gagner.

Il me sourit.

— Mais si, on peut... Si on a un faible pour les chevaux à trois pattes.

Je vais pleurer, je ne peux pas m'en empêcher. Je suis trop heureuse.

David et moi nous sommes mariés à la Mairie. Je portais une robe neuve. Elle était blanche, mais toute simple, je l'ai encore, je l'aime bien. Je crois que je me sentais très nerveuse, sachant que mes parents n'étaient pas d'accord, et je leur en voulais aussi, j'allais leur montrer qu'ils ne pouvaient pas m'empêcher de me marier, quels que soient leurs sentiments à cet égard. Pat avait voulu venir. C'était la seule qui trouvait ça formidable. Le soir, elle venait dans ma chambre et je lui parlais longuement de l'endroit où nous allions habiter et de la façon extraordinaire dont j'allais tenir ma maison. J'aimais bien lui parler, parce qu'elle me regardait avec ses yeux immenses. Elle me trouvait merveilleuse, tout ça était tellement excitant, David était tellement beau...

En fait, c'est grâce à Pat que j'ai fait la connaissance de David. Il surveillait la patinoire et comme elle l'avait remarqué, elle m'a traînée là-bas pour me le montrer. Je suis une très bonne patineuse, je pratique ce sport depuis l'âge de cinq ans. Je l'ai trouvé très séduisant. Je me suis lancée sur la glace et je me suis mise à faire de l'épate, tourbillonnant dans ma petite jupe rouge. J'avais seize ans après tout, qu'est-ce que vous croyez ? Il m'observait, je m'en rendais bien compte, alors qu'il était censé surveiller les gosses, veiller à ce qu'ils ne se fassent pas de mal. Seulement, voilà ; je suis tombée ! Je suppose que j'en rajoutais un peu trop, j'ai perdu l'équilibre et je me suis écroulée, bang, en plein sur le derrière ! Je ne pouvais pas me décider à le regarder, je savais qu'il devait se tordre. Je me suis relevée et j'ai essayé de regagner le bord de la patinoire gracieusement. J'étais assise là, en train de me tâter la cheville pour voir si je n'avais rien de cassé, quand il est venu s'asseoir à côté de moi et nous avons commencé à parler.

Si je n'avais pas rencontré David, je ne serais pas partie de chez moi, et si je n'étais pas partie de chez moi, je n'aurais pas fait la connaissance de Sam. Alors peut-être que tout ça est lié, d'une certaine façon insensée. Sans parler du fait que si je n'avais pas épousé David, je n'aurais pas eu Jill. Alors, à y bien réfléchir, j'ai eu plutôt de la chance, je n'ai pas à me plaindre.

S'il fallait que je sois malade, je suis contente d'être ici et d'être soignée par le Dr Gillman. Je me réjouis que nous ne soyons pas restés dans cet hôpital de Spokane.

Quand je sortirai d'ici, j'essaierai peut-être d'écrire de nouveau des poèmes. J'aimerais bien, si je peux. Je ne suis pas très douée. Je n'ai écrit qu'une ou deux fois des vers qui me plaisent, mais j'aime ça quand même, j'aime essayer de traduire dans un poème ce que je ressens. J'ai énormément de respect pour des gens comme Bob Dylan et Leonard Cohen qui écrivent de si belles chansons. Quand j'étais au lycée, j'écrivais des poèmes et des chansons que j'aimais beaucoup. Je vais peut-être m'y mettre de nouveau. M'acheter un beau cahier tout neuf. Ce que j'aimerais, c'est avoir une jolie écriture ; la mienne est vraiment moche, illisible. Nous avions un professeur en classe qui pouvait écrire de façon admirable, avec des plumes et des pinceaux spéciaux. J'aurais bien voulu qu'elle m'apprenne.

Je vais me marier de nouveau ! Sam va être mon mari. Étrange vraiment... J'ai du mal à y croire.

Givits, le rabbin dont Sam a fait la connaissance durant son audition, est vraiment un phénomène. Gigantesque comme l'a dit Sam, il s'amène dans cette chambre d'hôpital avec un casque de motard sur la tête, une chemise noire déchirée, des jeans, une veste à franges, des lunettes à monture en or et une barbe hirsute. Aïe, ma mère en serait folle ! Toutes les craintes que lui inspire sa fille hippy seraient confirmées d'un seul coup, si elle le voyait. Mais elle ne le verra pas.

Sam est beau comme un astre. On peut dire ça d'un homme ? Il est superbe en tout cas. Il a une chemise fantastique qu'il a achetée je ne sais où, une chemise mexicaine. Il s'est lavé les cheveux, qui sont un peu ébouriffés comme chaque fois qu'il les lave. Je connais Sam tellement bien, c'est sans doute pour ça que ça me fait drôle de l'épouser. Je n'ai jamais connu David, même après notre mariage, comme je connais Sam en ce moment même.

Je me suis lavé les cheveux moi aussi. Je crois que je suis encore assez jolie. J'ai maigri, mais cela fait paraître mes yeux plus grands. Sam m'a apporté des fleurs pour mettre dans mes cheveux.

Tout ça est tellement dingue ! Jill dort dans son berceau et le Dr Gillman, tous les autres médecins et les infirmières sont tassés dans la chambre. Je parie qu'aucun d'eux n'a jamais vu ça, un mariage à l'hôpital. Weaver, comme d'habitude, gratte sa guitare.

Givits prend ma main et celle de Sam et déclare, d'une voix très douce :

— Passe la bague à son index droit.

Sam est vraiment nerveux ! Je m'en aperçois parce que ses mains sont glacées. Il prend la bague à tâtons et la glisse à mon doigt. Moi aussi, je me sens nerveuse. Je n'arrive pas à le regarder. Givits enlève la bague et la redonne à Sam.

— Dis donc, tu t'es trompé de doigt ! (Souriant, il se tourne vers moi.) Les jolies filles ont toujours un faible pour les simples d'esprit... Comment expliquer ça ?

Sam glisse la bague à mon index droit cette fois ; je ne m'étais même pas aperçu de son erreur !

— Maintenant, à toi, Kate... Mets la bague au doigt de Sam.

J'obtempère.

Givits a un large sourire.

— Parfait, vous commencez à prendre l'habitude... Maintenant, m'sieu dames, faites attention à ce qui va suivre. Nous arrivons au moment crucial, au cœur, à l'âme, au fondement de la cérémonie. (Il se tourne vers Weaver.) Dis donc, tu arrêtes un peu ? (Weaver cesse de jouer de la guitare.) Répétez après moi, reprend Givits. Te voilà consacrée et unie à moi par cet anneau.

Sam me regarde intensément.

— Te voilà consacrée et unie à moi par cet anneau.

Givits lève une main :

— Notez... consacrée signifie qu'elle est devenue sacrée, un objet de vénération et de respect. Du sérieux, quoi. Allez, maintenant, on boit.

Nous faisons circuler le verre de vin et chacun boit une gorgée. Weaver recommence à jouer, mais en sourdine.

Givits se mets à psalmodier d'une voix chantante :

— Béni sois Tu, Oh seigneur Dieu, qui as créé la joie et le bonheur, l'époux et l'épouse, l'allégresse et l'exultation, le plaisir et le ravissement, l'amour, la fraternité, la paix et la camaraderie. (Il prend le verre, le vide, puis le pose par terre devant Sam.) Marche dessus, dit-il. Écrase-le.

Sam pulvérise le verre. Jill, entendant le bruit, s'agite dans son berceau. Elle se redresse sur son séant, regarde la foule assemblée dans la chambre. Je vois à ses yeux qu'elle se demande :

« Qui sont tous ces gens ? Pourquoi est-ce que papa et maman sont habillés de façon si drôle ? » Dans l'effort qu'elle fait pour comprendre, elle a le visage tout plissé.

— Notez, dit Givits. Tout comme il serait impossible de reconstituer ce verre, il vous sera impossible de vivre séparés l'un de l'autre.

Jill se met à pleurer.

Sam la prend dans son berceau et me la donne. Je suis heureuse qu'elle participe à notre mariage. Je la tiens contre moi et elle se calme, accrochée à mon cou, fixant de grands yeux sur Givits. Il lui ébouriffe les cheveux — le peu qu'elle a.

— Tu as failli louper tout le spectacle, petite marmotte, dit-il.

Là-dessus, il se remet à psalmodier :

— Éloigne de nous, Oh Seigneur, le chagrin et la colère, et alors les muets se répandront en chants d'allégresse. Avec l'assentiment de toute l'assistance, nous bénirons notre Dieu, dont la demeure abrite toute joie et dont nous avons partagé les bienfaits... Répétez après moi... Béni soit le Seigneur...

— Béni soit le Seigneur.

— Dont la demeure abrite toute joie, enchaîne Givits.

— Dont la demeure abrite toute joie, disons nous tous, à l'exception de Jill qui fixe sur ce drôle de bonhomme de grands yeux étonnés.

— Dont nous avons partagé les bienfaits.

— Dont nous avons partagé les bienfaits.

— Et qui, dans sa bonté, nous accorde la vie.

Sam me prend la main et nous nous regardons. Je sens que je vais pleurer d'ici une seconde, mais heureusement, il se penche pour m'embrasser et mes larmes se sèchent sur sa chemise. S'ensuit un grand brouhaha de rires et d'exclamations, et Jill, poussant un cri d'indignation en nous voyant tous boire du champagne, décide qu'il est temps pour elle d'avoir son biberon.

Sam nous cherche un appartement pendant que je suis à l'hôpital. Comme il faudra que je revienne périodiquement pour mon traitement, il essaye d'en trouver un pas trop loin. Finalement, il en loue un dans une petite maison de deux étages et m'y emmène un lundi. Jill essaye de marcher ; elle n'a pas encore un an, mais vraiment, elle y met du cœur. Maman a toujours dit que j'avais marché très tôt et qu'elle ne savait jamais quoi faire avec moi, que j'allais me fourrer partout. Eh bien, que Jill aille se fourrer partout elle aussi si elle veut ; ça m'est égal.

— Bienvenue dans ta maison, maman, dit Sam.

Je le suis en boitillant, appuyée à la béquille. Je m'y habitue, je commence à savoir m'en servir.

— C'est lequel, notre appartement ?

— Là où il y a un *bow-window* ; celui qui n'a pas été lavé depuis trente-cinq ans.

— Oh Sam !

Je suis toute excitée à l'idée d'être sortie de l'hôpital, d'avoir de nouveau un endroit à nous, de ne plus être environnée en permanence de médecins, d'infirmières et de malades.

Sam passe le premier, me faisant les honneurs.

— Des W.C. à l'intérieur, pas trop de marches à grimper, assez près de l'hôpital pour que tu puisses y aller à pied quand tu te sens assez costaud, et le monde entier sous ta fenêtre !

Je l'embrasse, je me mets à rire. Je me sens si bien, si libre. Je commence à visiter, lentement. Sam a posé le matelas de notre lit par terre et a même essayé de préparé un lit, en rabattant vaguement un édredon par-dessus. Il y a un fauteuil à bascule, des chaises. Les murs sont décorés de posters. Tout ce que nous avions dans notre premier appartement. Sam est allé chercher nos affaires et les a ramenées ici. Ça me fait chaud au cœur de revoir tous nos vieux trucs. Ils ne sont pas très beaux, mais ils évoquent pour moi de merveilleux souvenirs, avec ce fauteuil à bascule, ce lit où un si grand amour a commencé. Même si nous devenions riches un jour, je crois que je ne voudrais pas changer de lit.

— C'est gigantesque, dis-je. Comment peut-on s'offrir ça ? Nous...

— Écoute, c'est moi que ça regarde, dit Sam.

Il a l'air si content d'avoir trouvé cet appartement et de l'avoir installé que je décide de ne pas penser tout de suite à nos soucis d'argent.

Même ma cuisine est agréable, bien qu'elle soit petite. Beaucoup de placards. Je crois que je vais faire des rideaux, un imprimé de couleurs gaies.

— Je vais faire un tapis, dis-je. Ma grand-mère m'a appris dans le temps. Avec de vieux bouts de chiffons qu'on torsade. C'est très facile. Et puis je vais faire un énorme édredon en patchwork...

Jill court de pièce en pièce, de sa démarche tellement comique, les jambes écartées. Elle tombe tous les trois pas, mais elle est tellement contente d'elle. Sam l'empoigne et se met à danser avec elle, la faisant glousser de joie. J'adore les voir s'amuser ensemble.

La porte s'ouvre. Une fille entre, portant un pichet. Elle est assez jolie, mais négligée, avec de grands cheveux épars et une longue jupe ample de gitane. Qui est-ce ?

— Salut, les enfants... J'ai pensé que vous auriez peut-être envie de manger quelque chose, dit-elle. (Elle a une voix de gorge, du genre sexy.) C'est du poulet et des légumes ; le bébé va adorer ça. Je m'appelle Nora. J'habite dans le sous-sol... Quand vous voulez sortir ou je ne sais quoi, vous pouvez me laisser Jill, j'adore les enfants. (Avant de ressortir, elle lance par-dessus son épaule :) Si vous avez besoin de quelque chose, cognez au plancher !

Je regarde Sam. Je ne suis pas particulièrement jalouse de nature, mais quand même !

— Une amie à toi ? je lui demande d'un ton moqueur.

Il me sourit.

— Elle habite en bas, elle travaille dans une de ces boutiques psychédéliques, je crois... Au second, il y a une famille de Roumains, et ils ont une trampoline. Ils donnent des cours de gymnastique ou je ne sais quoi. Tu vas adorer cet endroit.

Je me sens brusquement écrasée de fatigue et m'assois sur le lit. Mince, j'espère que je vais retrouver une partie de mon énergie. J'ai vraiment envie de faire quelque chose dans cette maison, et non pas de rester couchée toute la journée. Je me suis peut-être trop excitée à l'idée d'emménager ici.

En tout cas, Nora a l'air gentille. Ce sera agréable d'avoir quelqu'un au cas où nous voudrions sortir le soir.

Sam a l'air inquiet en me voyant étendue sur le lit.

— Tu veux un verre d'eau ? demande-t-il.

Je le regarde et je lui souris.

— Joue-moi quelque chose plutôt.

Il va chercher sa guitare. Jill s'étend à côté de moi et nous écoutons toutes les deux. Le soleil entre à flots par la fenêtre. J'ai un foyer de nouveau.

DEUXIÈME PARTIE

Je m'habitue à Vancouver, à vivre ici, à l'hôpital. Quand on m'irradiait, je devais y aller tous les jours, mais ça n'a duré qu'un mois et quelque. Maintenant je n'y vais que tous les deux jours pour mes piqûres. Je commence à avoir l'air d'une camée, avec les veines des bras ponctuées de trous d'aiguille. Ma jambe me fait mal, mais j'arrive à ne pas trop y penser et je suis habituée aux béquilles.

La semaine dernière, nous sommes allés chez les parents de Sam chercher Jill. Elle est restée chez eux pendant la période qui a suivi ma sortie de l'hôpital, pour que je puisse me reposer et reprendre des forces. Ça me ravage de retourner à Riverdale pour aller la chercher. Ça me ravage parce que ça me rappelle l'époque où j'étais normale. Du coup, je m'apitoie sur mon sort et je déteste ça.

J'aime bien la mère de Sam, mais en même temps, elle m'énerve. Elle est tellement préoccupée par ce que les gens peuvent penser d'elle ! Elle se fait du souci pour les choses les plus idiotes qu'on puisse imaginer. Il y a des moments où je ne peux pas la supporter.

Sam est si fort, si sûr de lui. Je l'aime tant. Hier, il a pleuré au cours de la nuit à cause de moi. C'était la première fois qu'il montrait à ce point sa détresse devant ma maladie. Je me sentais vraiment près de lui, comme autrefois, avant que tout ceci n'arrive. Il est si merveilleux. C'est un homme, vraiment. Je l'aime.

Oui, je t'aime
toi
Oui, apporte-moi
l'espoir
Oui, je t'aime
toi,
qui m'as donnée un nouvelle vie.

J'écris mes poèmes dans un petit cahier. Je les compose le soir ou bien quand Jill fait la sieste. Je voudrais pouvoir lui laisser un petit cahier de poèmes, pas seulement les miens, qui ne sont pas bien fameux, je le sais, mais ceux écris par d'autres et qui ont une signification spéciale pour moi.

Finalement, au bout d'un week-end chez les parents de Sam, je n'en peux déjà plus, j'ai les nerfs en pelote. Je ne déteste pas les parents de Sam, mais vraiment, j'ai du mérite. Thelma, sa mère, continue à considérer Sam comme son petit garçon, incapable de se débrouiller tout seul. Et puisque je l'ai épousé, je ne suis pas non plus capable de m'occuper de moi-même, de Sam, ni surtout, de Jill. Il y a plusieurs choses que je l'ai instamment priée de ne pas faire avec Jill, et pourtant, dès que j'ai le dos tourné, elle enfreint mes consignes. C'est un drôle de mélange : elle se montre d'une sévérité stupide ou alors la gâte tout aussi bêtement. Je ne pense pas que Jill aime ça, elle n'y comprend plus rien.

Un exemple : Thelma est convaincue que Jill ne devrait plus prendre de biberon maintenant qu'elle a plus d'un an. Je ne vois pas pourquoi et je lui ai dit que le pédiatre n'était pas d'accord avec elle. Tant qu'elle ne s'endormait pas en suçant la tétine, ce qui pouvait être nocif pour ses dents, il n'y avait aucun inconvénient à lui laisser son biberon. Il avait même ri, en disant : « Quand elle se mariera, personne ne se rappellera à quel âge elle a renoncé à son biberon. » En général, Jill a envie de son biberon à une heure qui me paraît tout à fait raisonnable, en fin d'après-midi, vers quatre ou cinq heures, quand il est encore trop tôt pour dîner, mais que la nuit commence à tomber. Des tas d'adultes boivent un verre à cette heure-là pour les mêmes raisons. Elle continue à jouer avec le biberon qui pend à sa bouche, pour garder les mains libres. Ou alors elle le pose à côté d'elle et de temps en temps rejette la tête en arrière et s'envoie une lampée. Ce que je préfère, c'est quand elle vient vers moi et me dit qu'elle veut se coucher sur mes genoux. Mes « zenoux », comme elle dit ; elle n'arrive pas à prononcer les « g ». Elle s'étend et pose la tête sur mes genoux pour boire son biberon. Elle garde les yeux grands ouverts et tète gravement, n'enlevant la tétine de sa bouche que pour reprendre son souffle de temps en temps. Je caresse ses cheveux qui ont finalement poussé, si doux, si fins, et nous nous sourions. Je vois ses lèvres s'arrondir en un sourire autour de la tétine et elle me tient la main. On doit avoir l'air de deux tourtereaux éperdus de bonheur, sortis tout droit d'une comédie musicale ! Nous ne parlons pas dans ces moments-là, mais nous sommes vraiment proches l'une de l'autre.

Ce qui m'énerve, chez Thelma, c'est qu'elle s'imagine qu'elle peut faire ce qu'elle veut, sous prétexte qu'elle nous aide financièrement. Alors quand Jill demande un biberon, elle lui répond :« Allons, voyons, les grandes filles ne font pas ça ! » Comme pour lui faire honte, ce que je déteste. Ou alors quelque chose dans le goût :« Tu n'es qu'un petit bébé, alors, tu n'es pas une grande fille puisque tu réclames un biberon ? » Berk ! Je lui ai même demandé de ne plus nous donner d'argent, mais elle ne veut rien savoir. Qu'est-ce que je peux faire ? Que va-t-il se passer quand je mourrai ? Elle ne peut pas avoir Jill, ça, c'est sûr. Il faudra que Sam le comprenne. Elle ne se rend absolument pas compte de ce qui est bon pour Jill et de ce qui ne l'est pas. Son argument, c'est qu'elle a déjà élevé un fils, mais je ne suis pas sûre qu'elle ait tellement bien réussi. En ce moment, je suis furieuse contre Sam et ses défauts me paraissent gros comme une maison. Je l'aime quand même. Je le respecte parce qu'il n'essaye pas de les nier et il me déteste parce que ses défauts me déplaisent. Mais je ne changerai. Sa mère est trop, je ne sais pas moi, trop tordue pour élever ma fille.

C'est dimanche aujourd'hui, jour de repos. Il fait un temps superbe. Dix-huit degrés au moins, je n'en reviens pas. Jill et mois nous sommes assises sur les marches ce matin. Elle ne savait pas quoi faire. Elle commence seulement à être un peu autonome au-dehors et elle ne sait pas trop dans quelle direction se lancer.

Elle et moi avons finalement établi de très bonnes relations mère-fille. Depuis que je suis malade, la vie a été un peu dure pour elle. Pendant un certain temps, après son séjour chez les parents de Sam, elle était bizarre avec moi, mal à l'aise. Maintenant, elle vient me trouver quand elle s'est fait mal ou qu'elle se trouve en présence d'inconnus et nous avons appris à communiquer par le toucher et les sons qu'elle émet. Tout le monde m'a dit : « Quand ils arrivent à cet âge, il faut faire attention ! » Je ne comprends pas. Elle est toujours de bonne humeur et pleine de curiosité. J'espère qu'elle restera ainsi. Je suis tellement contente de voir que mon enfant est en pleine santé, heureuse de vivre, libre, épanouie. C'est une bonne petite fille. Allez, continue à vanter ta progéniture, mère gonflée d'orgueil !

Dimanche, un jeune garçon que j'ai connu à l'hôpital, Jimmy — il avait le même genre de cancer que moi — est mort. Il avait seize ans. J'étais effondrée quand je l'ai appris. Je ne peux même pas y penser. On l'avait amputé d'une jambe, mais ça n'a servi à rien apparemment. J'essaye de ne pas penser à lui et puis brusquement, pendant que je suis assise là avec Jill ou que je prépare le dîner, ça me revient. Il faut absolument que je me ressaisisse.

J'ai une raison de me réjouir. Pat, ma petite sœur, va venir passer le week-end ! Je suis toutes excitée à l'idée de la revoir. Je ne l'ai pas vue depuis près de quatre ans. Elle en avait douze à l'époque, une gamine. Elle a dû beaucoup grandir. Je parie que maman ne voulait pas qu'elle vienne. Elle continue à s'imaginer que Sam et moi menons ici une existence débridée de hippies. Si seulement elle savait ! Pat n'a jamais été très indépendante quand elle était petite, mais elle a peut-être changé maintenant. Je l'espère du moins !

— Ce qu'elle est mignonne, Jill, dit Pat. C'est fou ce qu'elle te ressemble, Kate.

— Tu trouves ? je réplique, éperdue de joie à cette idée. Elle ressemble davantage à David, en fait.

— La couleur des cheveux peut-être... Mais ces grands yeux marrons... c'est tout à fait toi !

Pat est devenue ravissante, mais elle a toujours un côté triste, comme quand elle était petite. Elle porte des verres de contact. Elle a une façon de parler, à voix si basse, qui vous oblige à vous pencher en avant pour l'entendre, et une expression pensive sur les traits. Nous étions inséparables quand nous étions petites. Elle s'amusait quelquefois à voler la voilette de maman pour en masquer son visage et se faisait ensuite passer pour moi.

Je suis tellement heureuse de sa visite. Sa présence me fait du bien. Je me sens cent fois mieux depuis qu'elle est là. Quand j'ai appris la mort de Jimmy, je crois que j'ai été plus touchée que je ne le pensais. Je vivais dans une sorte d'angoisse permanente jusqu'à l'arrivée de Pat. Grâce à elle, je suis redevenue moi-même.

La mort de Jimmy m'a paru trop cruelle. Elle a augmenté la haine que m'inspire ma maladie. Pour moi encore, je peux comprendre, mais pas pour les autres. J'ai beaucoup appris sur la vie, l'amour, le bonheur. J'espère que Jimmy lui aussi, mais surtout sa famille, a appris quelque chose.

L'autre nuit, quand j'ai commencé à penser à la mort, j'ai senti une incroyable mélancolie m'envahir. À l'idée que j'allais mourir et tout ça, je crois que j'ai été prise dans une sorte de tourbillon, tout en gardant un calme extraordinaire. Tout ce que je devais faire, au lieu de rester couchée dans mon lit, défilait à toute allure dans ma tête, si vite que j'avais du mal à suivre. Je ne cessai de me répéter : laissez-moi le temps de faire tout ce que je dois. C'était presque une supplication. J'ai encore tellement à faire.

Je me demande parfois si j'ai vraiment accepté l'idée que je vais mourir. C'est ce que je croyais jusqu'à ce que je sois allée à cette conférence avec les médecins à l'hôpital l'autre jour. Eux, évidemment, posent toutes ces questions sur la mort et tout ce qui l'entoure. C'est tellement étrange. Du coup, j'en suis à me demander ce que je ressens vraiment et me voilà obligée de réviser mes opinions. Je crois que j'ai accepté la mort, pour autant qu'on puisse l'accepter, mais ce qui est très pénible, c'est que lorsque j'essaye de parler aux gens qui me sont proches pour leur dire ce que je souhaiterais qu'on fasse — pour Jill et Sam et mes affaires — ils refusent de m'écouter et ça me fait tout drôle. C'est tellement énervant...

Toutes ces questions, je les vois dans les yeux de Pat, dans la façon dont elle regarde mes béquilles. Elle veut savoir, mais en même temps elle a peur. Je crois que je ne lui dirai rien. Elle est trop jeune pour porter un tel fardeau.

Nous avons dîné et nous sommes dans la chambre à coucher. Nous allons au bal ce soir avec Sam et un de ses amis, Gene.

— Jill est merveilleuse, vraiment, dis-je. Enfin, je sais que toutes les mères disent ça, mais elle est tellement sage.

On dit toujours que les bébés sont égoïstes, qu'ils ne pensent jamais aux autres, mais elle n'est pas comme ça... Si je suis fatiguée, par exemple, elle va me chercher une couverture et elle me borde... Elle fait comme si elle était la maman et moi le bébé. Elle m'offre même son biberon... Et pour les béquilles aussi... elle essaye quelquefois de marcher sur une seule jambe comme moi. Ou alors elle se met à pleurer quand elle voit les béquilles, comme si elle savait que quelque chose ne va pas.

Les sourcils froncés, Pat me regarde d'un air inquiet.

— Elle le sait ?

— Non, pas vraiment… Elle le sent vaguement, peut-être. En un sens, je suis contente qu'elle soit trop petite pour…

Pat, gênée, tripote je ne sais quoi.

— Tu es habituée aux béquilles ? demande-t-elle.

— Oh oui, tout à fait… Je n'y pense pas tellement, tu sais.

Je sais que je ne suis pas sincère.

— Ta jambe te fait beaucoup souffrir ?

— Quelquefois. C'est… eh bien, ce qui me gêne le plus, ce sont les médicaments qu'on me donne. Au début, ça allait, mais depuis quelque temps, ils me rendent malade.

— Tu veux dire… tu as envie de vomir ?

J'acquiesce d'un signe de tête.

— Tu te rappelles, quand on était petites et qu'on vomissait, maman nous apportait une cuvette.

Pat sourit.

— Je détestais ça, je détestais vomir.

— Je suppose que ça passera, cette sensation d'être tout le temps barbouillée… J'espère, en tout cas.

— Tu as bonne mine, dit-elle avec conviction.

— Ouais, enfin je ne suis plus trop grosse, c'est déjà ça… Tu aurais dû me voir après la naissance de Jill. Un véritable hippopotame !

— Toi ? Je ne peux pas t'imaginer grosse.

— Je t'assure… Je n'arrêtais pas de manger. Du beurre de cacahuète, des sucettes, des pizzas, n'importe quoi… Si j'ai un autre bébé, je ferai…

Je m'arrête brusquement. Qu'est-ce qui me prend ? Je n'aurai jamais d'autre bébé.

Pat s'examine dans la glace de ce regard critique, attentif d'une fille de seize ans qui a envie de plaire, mais n'est pas sûre d'elle.

— Qu'est-ce que tu penses de mes cheveux ? demande-t-elle.

— Ils sont superbes, Pat. Ça te va très bien, de les porter longs.

— Dites donc, les filles ? appelle Sam. Vous êtes prêtes, oui ou non ?

— Une seconde ! je hurle.

J'aime bien être assise là dans la chambre à coucher avec Pat. Ça me rappelle le bon vieux temps.

— Il est gentil, Sam, dit Pat d'un air presque timide.

— Il est formidable, hein ? Et il est vraiment comme il paraît être. Il...

Oh, c'est impossible de parler de quelqu'un qu'on aime. On a l'air soit de se vanter soit d'inventer ce qu'on dit.

— Je crois qu'il est mieux pour toi que ne l'était David, reprend Pat, et elle se met à rire. J'ai toujours eu un peu peur de David.

— Oui, il faisait cet effet-là. (David, Seigneur !... Ça me paraît si loin.) Je l'ai vu il y a quelques mois.

— Ah oui ? Comment ça se fait ?

— Oh, il a essayé de me jouer un sale tour... Il voulait prendre Jill.

— Mais c'est impossible ! Jill est ton bébé !

— Je sais... Mais techniquement, c'est aussi le sien... Il ne voulait pas l'avoir, en fait, il essayait seulement de m'embêter. Il a dit que j'étais trop jeune pour être une bonne mère et ce genre d'idioties.

— Je trouve que tu es merveilleuse, comme mère ! s'exclame Pat avec conviction. Si jamais j'ai un bébé, je veux être exactement comme toi.

Elle n'a pas sa pareille, Pat. Personne ne m'a jamais admirée béatement comme elle. Ça me fait tellement de bien... Je ne peux pas m'empêcher de dire :

— Je voudrais quand même bien que maman vienne voir Jill... Enfin, comment se fait-il qu'elle s'en fiche comme ça ? C'est sa petite-fille, après tout.

Oh, tais-toi donc, Kate. Je connais la réponse à cette question, mais je n'ai pas pu me retenir.

Pat a l'air gênée. Elle ne veut pas dire du mal de maman, mais elle est de mon côté aussi, ce qui rend sa situation difficile.

— Eh bien, elle...

— Non, je sais, dis-je avec amertume. Je suis sa fille hippy, désaxée, qui vit en haillons et fume de l'herbe en permanence et... Mais pourquoi ne vient-elle pas pour se rendre compte ? Elle verra comme ça que ça n'est pas vrai ! Tu le lui diras, hein ?

— Je te le promets, répond vivement Pat.

Mais elle est si douce, si docile. Rien de ce qu'elle dira ne pourra influencer maman. Maman s'imaginera tout simplement que je lui ai fait subir un lavage de cerveau !

Nous nous rendons au bal. Sam est sur son 31. Il a mis sa chemise à fleurs et il est superbe. J'aime bien Gene, mais en fait je ne le connais pas tellement. Il est de petite taille, à peine plus grand que Pat, il a une moustache noire hirsute et il porte des lunettes. Je crois que Pat lui plaît bien, ce qui me fait plaisir.

Évidement, je ne peux pas danser ! Je n'ai jamais pensé que je pourrais, bien sûr, mais rester assise pendant trois heures à regarder les autres, c'est beaucoup plus déprimant que je n'avais imaginé. Ce n'est pas de la simple jalousie. J'aime bien que Sam danse, je prends plaisir à le regarder. Je sais qu'il m'aime, mais je sais aussi qu'il s'intéresse aux femmes et qu'il leur plaît. Il faut qu'il danse, c'est bon pour lui. Et j'aime bien aussi regarder Pat. Mais en même temps, ça me fait mal, ça me donne envie de pleurer. Je ne trouve pas ça idiot de ma part. J'adore danser et je trouve affreux de ne pas pouvoir. Merde, merde, merde ! Enfin, il faut bien que je me fasse une raison. Ce que je déteste, c'est quand je dois me lever pour aller aux toilettes et que tous les gars me lancent des plaisanteries idiotes. Je leur dis simplement que j'ai été renversée par une voiture. Du coup, ils la bouclent. Ça n'est pas que je sois aigrie. Si quelqu'un m'interroge gentiment et fait preuve d'une sympathie véritable, au lieu d'être simplement avide de détails horribles, je dis alors la vérité. Mais je déteste ces petits cons qui n'ont même pas la politesse de me céder le passage avant que je leur ai servi une quelconque salade. Ça finit par être vraiment rasant et ça me fait prendre davantage conscience encore de mon infirmité.

Pat est toujours là. Elle va rester un jour de plus. J'adore l'avoir avec moi, elle est pour moi comme un cadeau d'anniversaire et un cadeau de Noël réunis ! Elle est tellement gentille avec Jill. Si seulement elle n'était pas si jeune, elle pourrait peut-être s'occuper de Jill après ma mort.

Ce soir, ils vont au bal sans moi. Ils viennent de partir. Je suis lâche, je suppose. Je n'ai pas pu m'imposer une deuxième fois cette épreuve. En plus, je me sens fatiguée. Il pleut au-dehors, et j'ai envie de me pelotonner dans mon lit, d'écouter de la musique à la radio, d'écrire dans mon cahier peut-être. Il y a un bon programme, des vieux trucs, mais très chouettes. Je voudrais qu'ils jouent *Sweet Little Sheila*.

> *La nuit me cerne et m'enveloppe*
> *aux dernières lueurs du jour*
> *Ma vie perd lentement*
> *son lustre et son éclat,*
> *une vie riche de promesses,*
> *jalonnée de bouteilles vides.*
> *Je m'enlise dans la solitude*
> *j'ai perdu la notion du temps*
> *je m'apitoie sur ma détresse*
> *et mon esprit se désagrège*
> *tandis que m'assaille la mort*
> *aux dernières lueurs du jour.*

Il me semble parfois que j'ai horriblement peur de me trouver seule. Sachant que je vais mourir, je ne veux pas laisser échapper la moindre parcelle de vie. Je ne veux pas être seule déjà.

C'est la nuit surtout que la solitude m'angoisse. Heureusement que Jill est là. Même si elle dort, sa présence me rassure. Je pourrais descendre demander à Nora de venir me tenir compagnie. Mais, en fait, je ne l'aime pas beaucoup. Bizarrement, je la vois sous le jour où maman doit me voir, — désordonnée, se laissant mener au hasard par la vie, sans savoir où elle va. Elle sait très bien tout ce qu'elle n'aime pas — elle déteste vraiment sa famille, elle est bien pire que moi ! — mais apparemment, il n'y a pas grand chose de positif qu'elle aime. J'ai l'impression qu'elle n'a aucun but précis. Peu m'importe que quelqu'un travaille ou non, ait un enfant ou pas, c'est là une question de choix personnel — mais j'estime qu'il faut avoir une ligne générale, un centre d'intérêt. Je vois tous ces gars qu'elle reçoit, et je les trouve minables. L'amour, ça ne consiste pas à coucher avec n'importe qui. Oh la la, on croirait entendre une vieille dame ! Très beau sermon. Mais c'est mon opinion, je n'y peux rien. Je suis devenue peut-être trop sévère depuis que j'ai un enfant.

Quand je suis seule comme ça, la nuit, le moindre petit bruit me paraît assourdissant ! J'espère que je ne deviens pas paranoïaque !

Une des choses qui me font peur ce soir, c'est qu'on est censé avoir un fantôme dans la maison ! Tous les locataires l'ont entendu et nous avons tous pensé que c'était l'un ou l'autre d'entre nous qui faisait du bruit, mais nous nous sommes aperçus ensuite que ça n'était pas le cas. Sam dit que ça ne tient pas debout. Il reconnaît qu'il y a un bruit et il ne sait pas au juste d'où il vient, mais il est persuadé que c'est simplement la maison qui grince parce qu'elle est trop vieille. Je ne sais pas. Mme Schaeffer, qui habite au-dessus, pense que c'est le fantôme de son mari qui essaye de la contacter ; — il est mort l'année dernière. C'est peut-être mon futur fantôme qui m'appelle pour que j'aille le (la !) rejoindre. Oh Seigneur ! On a tendance à se laisser emporter par son imagination, pour ce genre de choses. Mais qui sait ? Peut-être existent-elles vraiment.

— Maman ?

C'est Jill. Je ne sais pas si elle dort ou si elle s'est réveillée. Parfois, elle appelle dans son sommeil.

— Qu'est-ce qu'il y a, chaton ?

Tout endormie, elle se dresse dans son berceau.

— Matin ?

— Non, ça n'est pas le matin... C'est la nuit. Tu vois, il fait noir dehors.

— Noir, répète-t-elle en regardant autour d'elle. Papa ?

— Non, Papa n'est pas là... Il est allé danser avec Tante Pat... Tu as faim ? Tu veux manger quelque chose ?

J'avoue que je suis contente qu'elle soit réveillée. Maintenant, j'aurai une compagnie.

— Jill faim, dit-elle.

— Bon, alors viens avec moi, dis-je en la soulevant de son berceau.

Nous décidons de nous offrir, en guise d'en-cas, des biscuits chocolatés et des corn-flakes. Assise à côté de moi sur le divan, elle mâchonne avec énergie, visiblement ravie d'être levée. Elle aperçoit la guitare de Sam sur le lit.

— Maman joue ?

— Non, maman ne peut pas, ma chérie... Elle ne sait pas.

— Papa joue ?

— Oui, papa sait jouer, il joue très bien.

— Papa joue maintenant ?

— Non, papa ne peut pas. Il n'est pas là. Il est allé danser.

— Danser ?

— Tu sais bien... Jill sait danser.

Je me lève et m'efforce de danser du mieux que je peux, sur un pied.

Jill, ravie, sourit.

— Encore, maman !

— Tu sais, maman ne danse plus très bien, chaton... Danse toi, Jill va danser.

Elle se lève, fait quelques pas en trébuchant, bien qu'elle s'applique de son mieux, puis elle s'abat sur mes genoux en riant comme une folle.

— Mon petit chat, tu ferais mieux d'aller dormir... Il est tard. Ce n'est pas encore le matin.

— Maman dormir ?

— Oui, maman va dormir aussi. (Je jette un coup d'œil à la pendule. Il est onze heures passées. Je me sens vraiment fatiguée. Je borde Jill dans son berceau et je retourne me coucher. Je la vois qui me regarde à travers les barreaux de son berceau.) Bonne nuit, chaton.

— ...nuit, maman.

Quelques minutes après, elle se met à ronfloter. Elle dort toujours si profondément. Je voudrais bien en faire autant. Le Dr Gillman m'a donné des calmants pour la nuit quand ma jambe me fait mal, mais je déteste les prendre. Ils m'abrutissent tellement. De toute façon, je préfère être réveillée quand les autres rentreront. Mais quand rentreront-ils ? Assez tard, sans doute. Étendue dans mon lit, je m'imagine Sam en train de danser.

Je finis quand même par m'endormir, mais je les entends rentrer. Ils ont dû de nouveau s'arrêter au bar. L'haleine de Sam, quand il se penche pour m'embrasser, sent la bière. Mais j'aime bien cette odeur. Elle ne me gêne pas. Comme Pat est là, nous ne pourrons pas faire l'amour, mais Sam me prend dans ses bras et ça me suffit presque.

— Tu t'es bien amusé ? je chuchote.

— Pas mal... Tu nous a manqué.

— Jill s'est réveillée... Mais ça n'était pas grave. Elle avait faim, simplement.

— Et le fantôme, il ne s'est pas manifesté ?

— Écoute !

— Tu as demandé à Nora de monter ?

— Non, je n'avais pas envie.

— Je croyais que tu avais envie de compagnie ?

— Pas spécialement. (Je n'ose pas dire à Sam les sentiments que Nora m'inspire, c'est trop mesquin.) Tu sais, je ne me suis pas ennuyée, j'ai écouté la radio, j'ai lu...

Il me caresse les cheveux.

— Dors bien, ma chérie.

— Toi aussi.

Trois heures du matin. Bientôt il fera jour. Demain, Pat partira. Et moi, j'irai à l'hôpital.

Ce serait tellement bien si Sam trouvait du travail, un vrai boulot qui ait un rapport avec la musique et qu'il pourrait aimer. Depuis que je suis tombée malade, il a pris des boulots à droite et à gauche, pour qu'on puisse se débrouiller tant bien que mal sans trop taper ses parents.

En ce moment, il tient le bar chez O'Brien presque tous les soirs. Mais je crois que ça l'embête de devoir à nouveau prendre ce genre d'emplois. C'est un pis-aller et il doit se dire, tout comme moi, que si je n'étais pas malade, je pourrais participer un peu aux frais du ménage.

Il faut que j'aille à l'hôpital cet après-midi. Cette idée me fait horreur. Les médicaments qu'on me donne me rendent tellement malade. Je ne me sens plus jamais bien. Deux mois se sont écoulés depuis la visite de Pat et il n'y a pas eu un seul jour, me semble-t-il, où je n'ai pas vomi. Et encore, si ça n'était que ça ! Mais je me sens... comme dans un brouillard, comme si je n'existais plus vraiment. Ça me fiche une trouille bleue.

Je n'arrive pas à m'arracher à cette sorte de torpeur. Depuis des jours maintenant, j'ai le cerveau qui fonctionne au ralenti et je ne sais pas pourquoi. Je n'arrive pas à penser intelligemment. Vraiment, ça m'inquiète. C'est peut-être le résultat de la façon dont nous avons vécu, Sam et moi. Nous sommes si peu au courant de ce qui se passe autour de nous. Nous ne lisons plus, nous ne discutons plus de rien. Nous finissons par nous disputer quand nous parlons d'un sujet ou d'un autre, parce que nous sommes trop mal informés pour pouvoir en discuter vraiment. C'est vraiment un problème. Je pense qu'il faudrait réagir et qu'une visite à la bibliothèque, par exemple, ne nous ferait pas de mal. Ça fait plusieurs jours déjà que j'ai décidé d'y aller, mais comme tant de choses que nous voulons faire, je remets à plus tard. Pourquoi ? Jusqu'à présent, ce problème ne m'avait pas tourmentée autant. Je voudrais pouvoir trouver un travail, pour être en contact avec d'autres gens. C'est très malsain de s'isoler ainsi. J'ai besoin de nouvelles idées, de nouveaux sujets de réflexion. Mon esprit a tout simplement épuisé ses ressources et j'ai omis de l'alimenter. Je crois que je vais m'acheter des livres et adopter un nouveau régime.

Jill dort. Elle est tellement grognon en ce moment, elle pleure pour un rien, elle suce son pouce. Ça aussi, ça m'inquiète. Qu'est-ce que je peux faire ?

Assise dans la chambre à coucher, j'écoute Sam et Weaver en train de s'exercer. Je viens d'écrire un poème de colère. Le voici. Il s'appelle America Hurrah, Ha Ha, Ha :

Ton aide au tiers monde
et ton aide aux armées
et ton aide aux pays étrangers
et ton aide tout court
tu peux les garder,
Amérique.

Tu peux nous brûler
Pour avoir brûlé nos livrets militaires
comme nos mères nous brûlaient pour
nous punir
de jouer avec les allumettes,
mais peu nous importe,
Amérique.

Pour une injuste cause,
je ne veux pas tuer

ET JE TE DÉFIE, AMÉRIQUE !

Tu peux étouffer les vies
de ceux qui n'ont pas été prévenus,
mais pas moi, Amérique. Moi
je suis libre, tu m'entends !
Ils ne peuvent comprendre
que ce qu'ils ont appris,
tes leçons dérisoires.
Leurs esprits se sont desséchés

La liberté ne se gagne pas
au bout d'une chanson.

Il y faut bien des voix,
tout autant de chansons.
C'est avec nous qu'il faut compter.

Aujourd'hui, vous êtes vieux,
vous avez fait votre temps.

Et nous vieillirons selon nos vœux.
Écartez-vous du chemin.

Je préfère la douceur d'un enfant nouveau-
né,
la main chaude d'un homme posée sur
mon épaule
au contact d'une arme,
réelle ou symbolique.

Je vous ai bien dit que j'étais d'une humeur de chien ! Ouais, mon poème n'est pas bon, ça aussi je le sais. J'écoute Sam et Weaver. Ils ont leur musique, eux, et quelle que soit sa valeur réelle, au moins c'est quelque chose qui leur appartient. J'ai l'impression quant à moi de n'avoir jamais rien créé. Je me sens si totalement dénuée de dons. Un livre de mauvais poèmes que personne ne voudra jamais lire. Même si je leur tape dessus ! J'ai besoin d'accomplir quelque chose, de le faire avec talent et de recevoir des compliments. J'ai besoin de m'exprimer. Sam n'en tient absolument pas compte. Quand je lui demande de lire quelque chose que je viens d'écrire, il remet toujours à plus tard. Je n'arrive jamais à m'absorber dans quoi que ce soit. Il y a toujours quelque chose à faire, — préparer les repas, m'occuper de Jill, aller à l'hôpital... et toujours au fond de moi, l'obsession du cancer, la fureur de ne pas être tout ce que je voudrais être. Et Weaver. J'ai toujours peur que lui ou sa musique ne me prennent Sam.

Pourquoi Weaver est-il venu ici ? Et quand va-t-il partir ? Bon dieu, j'ai horreur des pique-assiettes ! Il s'éternise, il pense que ça nous est égal de le nourrir. Cet idiot de Sam qui a trouvé moyen de dire que quand il y en a pour deux, il y en a pour trois. Pas quand l'un des trois est Weaver !

Il est temps que je m'en aille, je crois bien. À plus tard, les gars ! Vous voulez parier que Weaver sera toujours là quand je reviendrai ?

L'hôpital est devenu mon deuxième foyer. Je le connais si bien maintenant, je connais chaque infirmière, chaque médecin, et un tas des autres jeunes malades. Ce n'est pas l'hôpital en soi qui me gêne, ni les traitements. Ça n'est même pas l'idée de mourir qui m'angoisse le plus. C'est magnifique de mourir, même la première fois, à l'âge avancé de vingt ans ! Ça n'est pas facile la plupart du temps, mais vous pouvez éprouver une étrange satisfaction à savoir que votre dernière heure va vous rattraper plus vite que vous ne pensiez et qu'il faut aimer, rire et pleurer avec le maximum d'intensité pendant que vous pouvez. Vous savez que vous n'avez pas le temps de jouer à des petits jeux. Vous ne voulez pas perdre des moments précieux à ne rien faire ou à ne rien éprouver.

C'est pour cette raison que je déteste les médicaments qu'on me fait prendre, — parce qu'à cause d'eux, le temps qui me reste, quelque soit sa durée, est maintenant dénué de sens. Je voudrais tellement que quelqu'un le comprenne. Chaque fois que je viens ici, je décide qu'il me faut absolument expliquer ce point de vue au Dr Gillman. Et je n'en ai jamais le courage, parce que je sais qu'elle sera fâchée contre moi. Mais il s'agit de *ma* vie, après tout !

Il pleut lorsque je sors de l'hôpital. Weaver est finalement rentré chez lui. Jill se trouve dans la cuisine, mais je n'ai même pas le temps d'aller l'embrasser. Je me rue dans la salle de bains pour vomir dans la cuvette des cabinets. Tous les jours, j'effectue ainsi une entrée spectaculaire. Sam joue de la guitare, je vomis. Une scène grandiose. L'amour avec un grand A.

Je m'étends sur le lit. Oh, je me sens si pleine d'amertume, si abattue, je ne peux même pas réagir. Finalement, je lance :

— Comment peux-tu chanter pendant que je vomis ?

— Comment peux-tu vomir pendant que je chante ? réplique Sam.

— Ce sont les cachets qui me font vomir ! je hurle. Je n'y peux rien. Tu le sais très bien !

— Les Chrétiens chantaient quand on les jetait dans la fosse aux lions. (Il sourit.) C'était sans doute la meilleure chose à faire, en face de l'adversité.

J'ai un petit rire sans joie. Je sens encore dans ma bouche l'amer goût du vomi. Quand j'étais petite, j'aimais bien vomir, parce qu'après je me sentais mieux et je mangeais un bol de compote de pommes. Maintenant, je me sens aussi mal qu'avant.

Sam se lève et vient s'asseoir au bord du lit à côté de moi. Il me caresse les cheveux. Je me dégage d'une secousse de la tête. Je ne veux pas le voir, je ne veux voir personne. Achevez-moi comme un vieux cheval. Ça vaudra mieux que ça, que cette torture.

— Kate, dit-il.

— Je ne peux rien garder de ce que je mange, dis-je. Je ne peux pas dormir ; mes cheveux tombent par poignées et tu voudrais que je ris de tes plaisanteries écœurantes... C'est mon existence qui est une plaisanterie écœurante !

— Alors moque-toi de toi-même.

— Je ne peux pas !

— Ça vaut mieux que de pleurer.

— Je ne pleure pas ! dis-je en me levant.

— Bébé...

— Ils ne peuvent même plus trouver une veine convenable pour me piquer. Il faudra qu'ils me piquent dans la tempe la prochaine fois. Oh, c'est hilarant ! C'est vraiment le fou-rire permanent !

J'entre dans la cuisine et je trouve Jill au milieu d'un gâchis indescriptible. Elle a sorti d'un placard une bouteille de ketchup et en a mis partout, s'en ait barbouillé de la tête au pied, ainsi que le mur et le sol. Est-ce que Sam ne pourrait pas la surveiller un peu et poser un instant sa foutue guitare ?

— Qu'est-ce que tu fabriques ? je crie, en lui arrachant la bouteille de ketchup. Tu sais très bien que tu ne dois pas faire ça, c'est très vilain. Tu es une vilaine, vilaine fille !

Je l'empoigne sur la table de la cuisine, mais Sam entre à son tour et me l'enlève des bras. L'expression qu'il a ! On croirait que je vais la tuer. Je suis *sa mère*, non ?

Jill lui échappe et s'enfuit dans l'autre pièce.

— Sam...

— Laisse-moi m'occuper de Jill, dit-il sèchement.

— Parle-moi !

Il se dégage, furieux.

— Tout à l'heure !

Il rattrape Jill et l'emmène dans la salle de bains. J'entends l'eau couler. Il doit la nettoyer. C'est plus fort que moi, je vais m'asseoir dans le fauteuil à bascule et je me mets à pleurer. Tout s'effrite, tout ce que j'aime, je suis en train de tout tuer, je détruis Jill et Sam. Il ne reste plus rien. Je deviens un monstre.

Sam revient avec Jill. Maintenant c'est elle qui a l'air en colère, mais Sam s'est calmé.

— Si on allait faire un tour dans le parc ? propose-t-il.

— Il pleut.

— Ça s'est arrêté... Regarde.

— Parc ! Parc ! dit Jill, tout excitée.

Je la regarde... elle est tout ébouriffée... Mon bébé.

— Viens d'abord embrasser maman, je lui dis. Pour la consoler... Tu veux bien ?

Jill me contemple sans ciller, comme si elle réfléchissait à la question.

— Non ! dit-elle ensuite d'une voix sonore et obstinée.

Et elle court vers la porte.

— Allez, viens, Kate, dit Sam. Viens avec nous.

— Je ne vais pas aller me balader dans ce parc sans intérêt avec une enfant qui me déteste !

— Elle ne te déteste pas.

— Je ne vais pas te disputer mon bébé !

— Personne ne le dispute à personne.

— Elle est à moi, Sam, rappelle-toi ! Pas à toi… Tu es en train de me la voler. La seule chose au monde qui m'appartienne vraiment. Je sais ce que tu es en train de faire…

Il est en colère de nouveau, son visage est devenu froid comme la glace.

— Mais comment donc, je m'occupe vingt-quatre heures sur vingt-quatre du môme d'un autre gars uniquement pour t'embêter. Je n'ai rien d'autre à faire.

— Tu n'as pas de boulot.

— Comment est-ce que je pourrais avoir un boulot si je suis baby-sitter à temps plein !

— Eh bien, laisse-la ! Laisse-nous ! Qui a dit que tu devais le faire ?

— Je l'aime, figure-toi. Je le fais parce que je l'aime… Et je t'aime quand tu es toi-même.

— Je suis moi-même en ce moment.

— Absolument pas.

Il se détourne et prend Jill par la main.

Je crie dans son dos :

— Tu lui apprends à me haïr, comme ça, quand je mourrai, elle ne te donnera pas trop de problèmes. Tu pourras épouser une vieille taupe quelconque. N'importe qui vaudra mieux que cette mauvaise mère qui…

Ils sont partis. Oh, Seigneur, et s'ils ne revenaient pas ? Je me sens vraiment au fond du trou. Je ne vois rien, je n'entends rien, je ne peux pas bouger. Si Jill se tourne contre moi, c'est la fin. Mon amour pour elle, son amour pour moi ont trop d'importance dans ma vie. Si jamais elle devait éprouver pour moi les sentiments que j'ai fini par éprouver pour ma mère, j'en mourrais vraiment. Je sais que si maman ne m'aimait pas, c'était en partie que j'étais la favorite de Papa. On aurait pu dire que parfois, il flirtait presque avec moi, il me faisait tourbillonner dans ses bras et je voyais alors le visage de maman se fermer, devenir vraiment hostile. Ou alors s'il sortait avec moi, m'emmenait au zoo ou à la pâtisserie, par exemple, elle attrapait la migraine et était obligée de se coucher. S'ils se disputaient, elle me disait d'un ton sarcastique : « Demande donc à ton père. Pour toi, il le fera. » Ce n'était pas ma faute, s'il m'aimait tellement ! Mais je savais qu'elle m'en voulait à cause de ça.

Si Jill éprouve ce genre de sentiments... Oh, mon Dieu ! Je ne suis pas jalouse d'elle de cette façon-là. Ce qui existe entre Sam et moi est précieux. Ce que je souhaite le plus c'est qu'elle trouve un homme aussi merveilleux que Sam, quand elle sera grande. Mais depuis quelque temps, je n'ai plus aucune patience avec elle. Le ketchup, je m'en fiche. Qu'est-ce que ça peut bien faire si elle en renverse ? Il faut une seconde pour nettoyer. Je le sais. En fait, j'aime bien qu'elle fasse des bêtises, je veux qu'elle se salisse, qu'elle joue dans la boue. Je ne veux jamais la voir affublée d'une belle robe rose à volant pour qu'elle reçoive ensuite une fessée sous prétexte qu'elle l'a salie. Qu'elle porte donc des salopettes si cette tenue lui convient mieux... Mais c'est simplement que je n'ai plus aucune patience. Que m'arrive-t-il ? J'ai les nerfs à fleur de peau en permanence.

Je suis peut-être jalouse des deux. De Sam, parce qu'il a sa musique. Même s'il est sans boulot, il a un centre d'intérêt dans la vie, une activité pour laquelle il est doué, qu'il aime et qui le met en contact avec d'autres gens... Et je me sens jalouse de Jill parce que... eh bien, ça peut paraître paradoxal — mais parce qu'elle a une liberté que je n'ai jamais eue, des parents qui la laissent faire ce qu'elle veut. Elle sera forte quand elle grandira. Je lui en veux peut-être d'être trop petite pour savoir que je suis malade. Mais en fait, je m'en réjouis. Pourquoi devrait-elle porter un tel fardeau ? Ce serait pire, bien pire, si elle était juste assez grande pour comprendre, mais pas assez pour vraiment comprendre. Je le sais parfaitement, et pourtant je la trouve sans cœur quelquefois de ne pas savoir, de continuer à mener sa vie de bébé pendant que je vomis et que ma jambe me fait mal. Pour autant qu'elle sache, toutes les mamans font ça. Toutes les mamans vomissent tous les jours. C'est leur spécialité.

Je n'aurais pas dû reprocher à Sam de ne pas l'avoir mieux surveillée. Il s'occupe si bien d'elle, beaucoup mieux que moi ; il est beaucoup plus patient. Et je ne suis même pas sûr que ce soit parce qu'il est en bonne santé. Je crois en fait qu'il a un don spécial avec les gosses, il pige tellement bien leur humeur... Il est évident qu'il ne peut pas la surveiller chaque seconde. Il faut bien qu'il travaille sa guitare. Sinon comment pourrait-il être prêt pour passer une audition ?... De toute façon je n'ai pas toujours les yeux fixés sur Jill pour la surveiller. Il y aurait de quoi devenir folle.

Est-ce que je vais les rejoindre ? Où sont-ils allés, d'ailleurs ? Il y a un parc tout près d'ici. Ils y sont probablement. Jill aime beaucoup cet endroit, parce qu'il y a une sorte de structure baroque au milieu, peinte de toutes les couleurs, où les enfants peuvent grimper. Il y a également deux toboggans, un pour les petits et un pour les grands. En général, j'emmène Jill au parc plusieurs fois par semaine.

Bon, je vais y aller. J'ai encore mal au cœur, mais le grand air me fera peut-être du bien.

Ils sont bien là, en effet. Je vois Sam debout au pied du toboggan. Jill est au sommet, assise au bord, balançant les jambes, savourant à l'avance le plaisir de s'élancer. Je m'attarde une minute à les observer. Puis je descends la colline. Je me dirige lentement vers Sam, ma béquille sous le bras.

— Salut.

Il se retourne.

— Salut, dit-il, sans sourire.

— Je me suis dit qu'un peu d'air me ferait du bien.

Il incline simplement la tête, l'air lointain.

Jill me voit et agite la main.

— Maman...

Seigneur, que les enfants oublient vite !

— Bonjour, ma chérie... Tu vas te laisser glisser ?

Je vois un autre enfant grimper derrière elle.

— Je suis tout en haut ! crie-t-elle.

— Oui, je vois, c'est formidable... Tu descends alors ?

Finalement, à contrecœur, sentant le souffle impatient de l'autre gosse dans son cou, elle lâche prise et se laisse glisser. Elle se précipite ensuite vers la structure et se faufile dedans à quatre pattes. Le béton est crasseux et humide de pluie. Tant pis. De toute façon, elle aura un bain quand nous rentrerons à la maison.

— Ça me met dans un tel état quand on se dispute comme ça, dit Sam.

— Je sais.

Je lui prends la main. Elle est glacée.

— Surtout devant Jill.

— Les mômes sont plus coriaces que nous, je réplique d'un petit ton léger.

— Ça, je ne sais pas.

— Elle a déjà oublié... Regarde-la.

Jill nous regarde à travers les trous des montants ajourés où elle s'est hissée. Elle nous fait signe de la main.

— Tu veux que Papa te descende ? demande Sam.

— Non ! réplique Jill, indignée. Moi toute seule !

Il se met à rire.

— C'est toujours « toi toute seule », hein, maintenant ?

J'ai l'impression de nous contempler depuis une certaine distance. Un couple se tenant par la main, marié depuis moins d'un an, une ravissante petite fille, le bonheur... Demain j'irai à l'hôpital et le Dr Gillman me dira : On vient de trouver un nouveau médicament ; il donne des résultats surprenants et il n'y a pas de séquelles désagréables... Mais comment donc !

Jill redescend et tombe sur le derrière, mais se remet sur pieds. Elle adore être en plein air. Par les journées froides et pluvieuses, elle reste près de la porte et regarde tristement au-dehors. Tu m'as pardonnée, n'est-ce pas, chaton ?

— On ferait peut-être mieux de rentrer... Jill va prendre son bain. Je lui ai acheté un truc pour faire des bulles de savon.

— D'accord.

Sam continue à être un peu distant, un peu détaché. Je sais que nos querelles le ravagent, et je me sens désolée.

Alors que nous nous éloignons, deux hommes arrivent sur le terrain de jeux avec deux chiens. Des bâtards, certainement, mais très beaux. Tous deux se dirigent droit sur le toboggan — je parle des chiens, pas des types — montant les marches et se laissent glisser jusqu'en bas. Jill, ravie, éclate de rire.

— Tu as vu, maman ?

— Oui... Incroyable, hein ?

Les chiens, ensuite, encouragés par leurs maîtres, sautent par-dessus la barrière qui entoure les balançoires. J'observe le visage de Jill. Se rappellera-t-elle dans quelques années ? J'étais dans le parc avec ma maman et mon papa et deux chiens se sont amusés à descendre le toboggan. Ou bien est-elle trop petite ? Tout cela va-t-il s'effacer ? Je n'ai pas le moindre souvenir de l'époque où j'avais son âge. Ça me paraît tellement étrange qu'on puisse ne rien se rappeler. Et pourtant, c'est comme ça. Je prie le ciel de vivre assez longtemps pour voir Jill devenir un être humain indépendant de moi et de Sam. Assez âgée en tout cas pour pouvoir raisonner par elle-même. Assez âgée pour se souvenir de moi.

— On va acheter une pizza en rentrant, dit Sam.

Il a posé un bras sur mes épaules et il semble plus détendu maintenant.

— Sur ton dos ! crie Jill avec impatience et il se baisse pour la hisser d'un seul élan sur ses épaules. Je suis plus grande que toi, maman !

— Je vois bien, ma chérie.

L'autre jour, Jill et moi jouions avec deux chats, l'un était la mère, l'autre le fils, déjà adulte. J'ai commencé à expliquer à Jill qu'un jour elle serait plus grande que moi, tout comme le chat était maintenant plus grand que sa mère. Elle m'écoutait très attentivement et à la fin, elle a dit : « Quand je serai grande, je serai un petit chat ». « Non », je lui ai dit, « quand tu seras grande, tu seras une femme, comme maman ». Mais cette idée ne lui plaisait pas. Elle s'obstinait à vouloir devenir un petit chat et rien de ce que je lui ai dit n'a pu la faire changer d'avis.

Jill aime beaucoup me regarder me maquiller. « Ma ki », dit-elle, « maman ma ki ». C'est drôle, avant d'être malade, je ne me fardais pratiquement pas, — sauf les yeux peut-être, quand je voulais être en beauté, et parce que mes yeux sont ce que j'ai de mieux, à mon avis. Mais, depuis que je suis malade, je mets du rouge à lèvres et à joue, pour avoir meilleure mine, ne pas être aussi pâle, aussi triste à voir. Sam a affiché des photos de moi dans la salle de bains. Il y en a une datant d'avant ma maladie. Mon visage était tellement plus rond... Maintenant, j'ai les joues vraiment creuses. Je suis devenue très photogénique, j'ai l'air d'un mannequin. Mais pour moi, c'est le même visage. J'y retrouve la même joie de vivre qui faisait de moi une enfant si rieuse, et cet embryon de sagesse qui a fait de moi une mère. J'y vois la souffrance et le bonheur de l'enfantement, l'angoisse de la santé perdue, la paix reconquise à force de lutter pour atteindre le détachement. J'ai devant moi une femme. Je n'ai plus l'air d'une adolescente. Je vois quelques rides, creusées par le combat que je livre, les rides de mon visage de dix-neuf ans — une mosaïque de souffrance et de chagrin, de joie et de bonheur, et peut-être dans mes yeux et au coin de ma bouche, la paix, parce que je sais enfin qui je suis.

— Mets-moi du rouge à lèvres, maman, dit Jill. Elle plisse les lèvres et je les effleure doucement avec le bout du bâton.

— Et sur les joues !

Tu n'as pas besoin de fard, crétine ! Elle est tellement drôle, avec du fard à joue. Elle ne veut pas me le laisser l'étaler, et elle a donc deux traînées rouges sur ses grosses joues rondes.

Jill devient très jolie. Je le vois à la façon dont les gens la regardent et sourient. J'en suis ravie. Je ne voudrais pas qu'elle soit d'une beauté spectaculaire, comme une vedette de cinéma, mais je trouve que ça facilite la vie, d'être jolie, attirante. Elle n'est encore qu'un bébé, mais c'est fou la place qu'elle prend dans une maison. Elle adore se parer, s'entortiller dans de vieilles écharpes. Quelquefois, elle en met dix à la fois, comme une diseuse de bonne aventure. Et elle est furieuse quand elles tombent. Quand je fais le ménage, elle m'imite, fait mine d'enlever la poussière. Dans la voiture, elle passe la tête par la portière et chante pour le vent et les autres voitures qui passent. Elle ne connaît qu'une chanson : « Oh, on va en voiture, oh, on va en train, oh, on va en bateau ». Ça peut durer pendant des heures, comme une litanie. Elle essaye quelquefois de marcher sur une seule jambe, comme moi. Comment sera-t-elle quand elle aura grandi ? Ce sera peut-être une longue créature flexible qui chantera des chansons tristes, mais je crois plutôt qu'elles seront le reflet d'un cœur plein d'allégresse.

— Maman doit s'en aller maintenant, chaton, dis-je, ayant fait de mon mieux avec ma figure.

— Jill aussi ?

— Non, Jill va rester avec Nora... Maman va revenir très vite et après on ira au parc.

Je sais que Jill n'aime pas rester avec Nora. J'espère qu'elle ne fera pas d'histoires aujourd'hui. Ça m'épuise tellement de partir après m'être bagarrée avec elle. Mais qu'est-ce que je peux faire d'autre ?

— Maman revient tout de suite, dis-je quand Nora sort de chez elle pour nous accueillir.

— Pars pas, maman ! s'écrie soudain Jill.

Elle se précipite vers moi, m'attrape à la hauteur des genoux.

— Ma chérie, il faut que je parte. Je dois aller à l'hôpital.

— Emmène-moi... Je veux aller aussi.

— Je ne peux pas... Les petites filles n'ont pas le droit d'entrer.

— On va bien s'amuser, toutes les deux, déclare Nora d'un ton enjoué.

Elle m'affirme que Jill se calme quand je suis partie.

— Non ! hurle Jill. Maman, tu restes !

Je m'écarte d'elle avec brusquerie.

— Arrête, Jill ! (J'entends ma propre voix, trop aiguë, au bord de l'hystérie.) Laisse-moi tranquille !

— Pars, dit Nora.

Elle retient Jill de force. Jill a le visage cramoisi à force de crier. Elle a l'air au bord d'une crise cardiaque.

Je m'éloigne le plus vite que je peux, sans oser les regarder. Oh, seigneur, je déteste ce genre de scènes ! Pourquoi Sam ne s'arrange-t-il pas pour être là quand je dois m'en aller ? Quand j'ai disparu au coin de la rue, le cœur cognant encore trop vite, je me reproche de m'être énervée. Je ne peux pas me retenir, depuis quelque temps. Je sens que je n'ai plus aucun contrôle sur moi-même, mais je n'arrive pas à réagir. C'est horrible.

Je vais dire au Dr Gillman aujourd'hui d'arrêter les médicaments et les rayons. Chaque soir, j'ai répété dans ma tête ce que j'allais lui expliquer. Il est tellement important pour moi qu'elle comprenne, qu'elle se rende compte de l'effet du traitement sur moi. J'ai confiance en elle, plus qu'en n'importe quel autre docteur. Pour certains d'entre eux, je crois qu'un malade n'est qu'un cobaye. Ils veulent essayer une médication juste pour voir « ce que ça donne ». Ils se sont entraînés à ne pas considérer leurs malades comme des êtres humains. Je le comprends, d'ailleurs. Ça doit être très dur de s'attacher à quelqu'un et de le voir ensuite mourir. Mais il faudrait, car c'est très important pour le malade, que les médecins s'intéressent à lui et étudient les réactions que le traitement a sur lui. Ils font des tests sur les singes, ou je ne sais quoi, et les essayent ensuite sur les malades, sans songer un instant, semble-t-il, que nous ne sommes pas des singes. Ça peut paraître idiot, mais très souvent j'ai l'impression qu'ils ne font pas la différence. Pour eux, nous sommes des animaux de laboratoire.

Je n'en ai rien à faire, moi, de leurs grands airs. Ma vie a de l'importance pour moi et si elle doit être courte, eh bien, c'est vache, mais au moins je veux la vivre avec intensité.

Ça me paraît si facile de me dire ça à moi-même, tout semble si parfaitement clair et logique, mais tandis que j'essaye d'expliquer mon point de vue au Dr Gillman, je me sens devenir bornée, agressive, parce que j'ai peur qu'elle se mette en colère contre moi. J'ai besoin de son approbation, ce qui est puéril, je le sais.

— Vous ne voulez vraiment pas essayer encore pendant quelques mois ? demande-t-elle.

— J'ai essayé ! Ça fait six mois que je suis ce traitement !... Pourquoi êtes-vous si égoïste ?

Elle sourit.

— En quoi suis-je égoïste ?

— Parce que si vous ne l'étiez pas, vous comprendriez ce que je ressens ! Vous diriez, bon, on a essayé de vous aider avec ces médicaments, mais si vous sentez que vous ne pouvez plus les prendre, alors nous voulons comprendre pourquoi. Vous verriez que l'esprit d'une personne a autant d'importance que son corps. Pour certaines personnes, ces médicaments sont peut-être très bien — mais vous diriez, Kate n'est pas « certaines personnes », elle est une personne en particulier.

— J'essaye de comprendre, Kate. Croyez-moi, j'essaye.

— Alors, comprenez !

— Il s'agit de prolonger votre vie...

— Je ne suis pas vivante ! C'est ce que j'essaye de vous expliquer. Avec des médicaments, je n'ai même pas envie de vivre. J'ai perdu toute volonté de vivre, de veiller sur ma famille. Je suis trop perturbée pour m'occuper de Jill. Je ne peux que m'apitoyer sur moi-même, je ne pense qu'à mon propre malheur. C'est horrible !

Le Dr Gillman approche une chaise et s'assied à côté de moi. Elle me prend la main dans les siennes. Je sens rien qu'à ce contact qu'elle comprend et j'en suis si soulagée que j'ai envie de pleurer. Mais je ne peux pas, je ne peux même pas parler. Je reste immobile, savourant sa présence chaleureuse. Finalement, je lève la tête vers elle.

— Vous devriez vous trouver un homme et avoir au moins deux cents enfants... Vous seriez une mère formidable.

— J'ai trois cent cinquante enfants ici même... Vous êtes la plus âgée.

Je la regarde d'un air moqueur.

— Et la plus difficile ?

— En ce moment, oui.

Un long silence s'ensuit. Je ne pense pas qu'elle ait vraiment compris, elle sent seulement que je suis malheureuse. Je vois bien qu'elle trouve encore que je me conduis comme une enfant, refusant ce qui est bon pour moi.

— Je vous donnerai Jill, dis-je.

Elle semble déconcertée.

— Comment ça ?

— Ou bien, on arrête tous ces trucs — les piqûres, les cachets, les rayons — ou alors vous prenez Jill. Parce que ce n'est pas juste pour elle d'avoir une mère qui se conduit comme je me conduis quand je suis ce traitement. Je ne peux pas lui faire ça.

— C'est une solution un peu extrême, vous ne trouvez pas ?

— Écoutez, je pourrais peut-être continuer, si ça voulait simplement dire que je vomis trois fois par jour et que je perds mes cheveux par poignées. Je m'habitue même à l'idée d'être filiforme comme un spaghetti... Mais je ne m'habituerai jamais à ce que je suis en train de faire à Sam et à Jill.

— Mais Sam comprend, n'est-ce pas ?

— Peut-être, en partie... mais Jill ne comprend pas. Elle ne peut pas comprendre ! Tout ce qu'elle sait, c'est que sa maman lui crie après vingt-cinq heures sur vingt-quatre... Elle ne pleurait jamais avant. Elle n'avait aucune raison de pleurer, elle était heureuse. Maintenant, elle pleure tout le temps. Elle pleure en dormant. Elle se réveille en pleurant. Elle a des cauchemars. Elle se ronge les ongles. Si je m'approche d'elle, la nuit, elle hurle... La seule chose dans la vie dont j'ai vraiment eu envie, c'était d'avoir un enfant, une petite fille et de l'élever comme j'aurais dû l'être. Dans l'amour et la liberté, et rien d'autres. Pas de jolies robes et de chaussures raides, pas d'éthique puritaine, pas de règles, pas de réponse à tout. Pour qu'elle puisse s'épanouir, savourer le soleil, la neige, les rochers, la pluie et pour qu'elle sache aimer. C'est terriblement dur quand on n'a jamais été aimé. Quand on n'a jamais rien connu d'autre que des gens qui vous crient après et vous disent que vous êtes méchante.

Ma voix commence à trembler, mais j'ai le sentiment d'avoir tout dit, et si elle ne comprend pas maintenant, elle ne comprendra jamais.

— Si vous arrêtez le traitement, vous mourrez, dit le Dr Gillman.

— Je vais mourir de toute façon.

Elle hésite.

— Oui, probablement.

— Alors, vous ne comprenez donc pas, je préfère mourir tranquillement, avec un semblant de raison plutôt que de prendre des médicaments et mourir un peu plus tard, la cervelle chavirée. Car c'est ce qui est en train de m'arriver. Je suis en train de perdre la raison.

— Je vois.

— C'est vrai ?... Il faut me le dire, si vous ne comprenez pas.

— Je comprends.

— Et les autres docteurs ? Est-ce qu'il va falloir que je recommence mes explications ? Je ne pense pas que je puisse.

— Je leur parlerai.

Je suis absolument vidée. Je me sens toute moite de sueur sous mon pull-over à col roulé.

— Je pense que Jill a de la chance d'avoir une mère qui attache une telle importance à ses relations avec elle.

Je tique un peu.

— Je ne sais pas. Je me demande si elle a vraiment de la chance... Quelquefois, je me dis... c'est tellement dur pour nous tous... Il y a tant de choses que j'aurais aimé lui dire, ou faire avec elle, mais elle est encore trop petite ! Je ne peux pas.

— Avez-vous jamais pensé à l'écrire ?

— Oh, j'écris un peu... des poèmes, des trucs comme ça. Mais je ne suis pas un bon poète.

— Eh bien, pourquoi ne pas vous lancer dans la prose ? Raconter tout simplement toutes ces choses dont vous aimeriez lui parler.

— Eh bien... je ne sais pas. Je ne sais pas si je peux. Par où commencerais-je ?

— Anticipez ses questions... Quand elle aura six ans, qu'est-ce que vous lui diriez ? Sur quoi va-t-elle vous interroger ?

Je me mets à rire.

— Sur rien. À six ans, on sait déjà tout.

— Alors, quand elle aura dix ans, ou seize ans par exemple.

J'essaye de l'imaginer. Jill à dix ans, à seize ans.

— Vous pouvez parler des garçons, des sentiments que vous inspire la nature, de l'amour... Comme ça, elle apprendra à vous connaître et saura ce que vous éprouvez pour elle.

— Mais l'ennui, c'est que je ne sais pas taper à la machine, et c'est si long d'écrire à la main... Je ne sais pas pourquoi, mais quand je m'assois devant une feuille de papier, je me sens pétrifiée. Même pour écrire une lettre. Ça a un côté... je ne sais pas, moi... définitif, quand on écrit.

— Alors pourquoi ne pas dicter dans un magnétophone ?

— Et avec quoi j'en achète un ? Les timbres de l'épicerie ?

Le Dr Gillman ouvre le dernier tiroir de son bureau et en sort un magnétophone. Une étiquette collée dessus indique : « Propriété des enfants de l'hôpital. À laisser dans le service. » Elle pose quelques bobines à côté.

— Et ça ? Qu'est-ce que vous en dites ?

— Je peux l'emmener chez moi ?

— Évidement. C'est pour ça que je vous le montre.

— Mais il appartient à l'hôpital.

— Ça, c'est *mon* problème.

Fascinée, je regarde l'appareil.

— C'est difficile d'apprendre à s'en servir ?

— Pas du tout... J'en ai parlé, figurez-vous, parce que je suis exactement comme vous, Kate. Je me sens paralysée quand je suis devant une feuille de papier. Alors quand j'ai un exposé à faire ou une conférence à préparer, je l'enregistre au magnétophone ici même. C'est plus facile, ça a un côté moins officiel... Et puis, ce qui est formidable, c'est qu'on peut effacer tout ce qu'on n'aime pas. C'est vraiment très simple de s'en servir.

Je prends le magnétophone et les bobines et les pose sur mes genoux. Je vous adore, Dr Gillman, mais je ne peux pas m'amener à le dire à haute voix. Je suis sûre qu'elle le sait, de toute façon. Elle sait tout.

— Kate, je n'essaye pas de revenir à notre conversation de tout à l'heure, mais...

— Oui ? dis-je, déjà sur la défensive.

— Eh bien, il y a un nouveau médicament, un que nous n'avons pas encore essayé avec vous... Seriez-vous d'accord pour l'essayer pendant une courte période ?... S'il produit le même effet que les autres, nous arrêterons.

— Il a déjà été testé ?

— Les expériences sont toujours en cours. Elles durent depuis deux ans.

— C'est un dépresseur ?

— Non, mais...

— Il provoque des vomissements ?

— Il ne fait pas vomir les singes.

— Merveilleux.

— Alors, qu'est-ce que vous en dites ?

— Je ne sais pas...

— Les chances sont minimes. Je ne veux pas vous mentir.

— Si je reviens vous dire qu'il a sur moi les mêmes effets que les autres médicaments, vous me promettez d'arrêter tout de suite, sans poser de questions ?

— Je vous le promets.

— Croix de bois, croix de fer, si je meurs je vais en enfer.

— Kate ! s'exclama-t-elle en riant.

— J'aurais aimé que vous soyez ma mère, je lâche tout à trac.

— Alors vous auriez été différente.

— C'est vrai... mais j'aurais été tellement heureuse, tellement sécurisée... Vous aurez un bébé un jour ?

Une expression de tristesse passe sur son visage.

— Je ne sais pas... Je suis si absorbée ici par mon travail. Ce ne serait pas juste pour l'enfant.

Elle a raison, en un sens.

— J'espère quand même que vous en aurez un, un jour... parce que je crois que vous adoreriez ça.

Elle sourit. Elle a l'air beaucoup plus douce, beaucoup plus vulnérable que d'habitude.

Je rentre à la maison, tout excitée, mais apaisée. Si contente qu'elle ait compris. Cela suffirait à me rendre heureuse. Mais surtout, je suis folle de joie d'avoir le magnétophone. J'ai tellement envie, pendant le peu de temps qui me reste, de laisser quelque chose pour Jill, d'enregistrer ce que j'ai à dire et que Sam pourra par la suite faire taper à la machine pour être publié en livre. Une partie de moi-même. Je veux expliquer à Jill ce que je ressens. Ce que j'ai fait. Toute l'importance qu'elle a pour moi. Elle est trop petite maintenant pour comprendre. Mais plus tard, quand je ne serai plus là, elle pourra en un sens venir vers moi, entendre ma voix, écouter. J'ai tellement de choses à dire, je ne sais même pas par où commencer.

Mon plus lointain souvenir remonte au jour où maman nous a emmenées au zoo pour la première fois et où nous donnions à manger aux éléphants. Comme j'avais épuisé ma provision de cacahuètes et de pop-corn, j'ai enlevé mes sandales blanches et les ai jetées dans l'enceinte. Mes sœurs, trouvant l'idée géniale, ont voulu à leur tour jeter quelques vêtements et maman est intervenue juste à temps pour nous empêcher de nous déshabiller. Je m'imagine peut-être que c'était le commencement, mais je parie que maman a dû penser que c'était le commencement de la fin. J'avais quatre ans alors. Je détestais ces fichues sandales !

Je me rappelle ma mère. Je trouvais que c'était la plus belle maman du monde. J'adorais son parfum, la façon dont elle coiffait ses cheveux noirs, la fière allure de sa démarche. Quand elle avançait dans les rues de la ville, même avec quatre petites filles crasseuses cramponnées à ses jupes, tous les hommes la regardaient et je voulais être exactement comme elle. Et je l'étais. Je le savais car j'avais onze ans à peine quand les hommes ont commencé à tomber amoureux de moi. Ils retrouvaient chez moi son feu intérieur, sa beauté.

Il y avait des choses, entre mon papa et ma maman, que je ne comprenais pas. Je continue d'ailleurs à ne pas comprendre. Ils avaient des disputes terribles. Je me rappelle certains Noëls où il n'était pas là. Avait-il d'autres femmes ? Je ne sais pas. Un jour, ils s'étaient querellés et il est parti en claquant la porte. Maman pleurait et je suis venue vers elle et l'ai prise dans mes bras ; je devais avoir douze ans. Nous nous serrions si fort l'une contre l'autre ! Ce jour-là, nous nous aimions vraiment, sans arrière-pensée, sans toutes ces réticences, cette tension que j'ai toujours senties entre nous... Je me souviens aussi d'autres disputes. Nous sommes partis une fois tous les six faire un tour dans les montagnes. Nous avions une Oldsmobile toute neuve, une de ces longues voitures noires et blanches. Elles pouvaient rouler à cent quarante à l'heure et papa ne s'en privait pas. Lui et maman se sont mis à se disputer au moment où nous arrivions à Five Mile Hill, dans le Poudre Canyon, au Colorado. Papa a commencé à monter la colline aussi vite qu'il pouvait pour faire peur à maman. Je sais qu'il devait bien rouler à quatre-vingt-dix à l'heure, ce qui est bien rapide pour une petite route de montagne. Mes sœurs et moi, terrorisées, étions assises à l'arrière, les jambes tendues raides devant nous, la tête rejetée en arrière contre le dossier, priant avec ferveur. Mais papa était un très bon conducteur et nous sommes arrivés sans encombre au sommet de la colline.

Je sais qu'une des choses que maman me reproche, c'est de m'être saoulée avec Henry McDoughall juste avant d'épouser David. J'étais simplement affolée à l'idée de me marier. C'est la seule fois de ma vie où j'ai bu. En fait, je ne supporte ni l'alcool ni la bière, même maintenant. Je n'ai jamais fumé non plus, j'ai à peine tâté à l'herbe, parce que maman m'a appris à planer en plein ciel quand elle m'a appris le nom des fleurs de montagne, quand elle m'a appris à m'exprimer, à aimer, quand elle m'a donné mon premier chien. Elle m'a appris que la vie était belle et je l'ai crue, car elle aussi était belle et embellissait tout autour d'elle. Si seulement je pouvais comprendre pourquoi tout s'est détérioré entre nous !

Je ne me rappelle pas grand chose de l'école. On jouait à des tas de jeux, colin-maillard entre autres, que je détestais, car je ne supportais pas qu'on me bande les yeux. J'avais une amie, à l'école primaire, qui s'appelait Alice. On faisait semblant d'être sœurs. Tout le monde nous trouvait un peu folles, mais ça nous était bien égal. Nous allions nous cacher au sommet de l'échelle d'incendie et nous parlions en chuchotant de nos parents. Je lui racontais que quand nous étions allées nous coucher, mon papa et ma maman restaient dans la grande pièce, buvaient de la bière, s'embrassaient et des trucs comme ça. Ses parents aussi, me disait-elle.

Un jour au réfectoire, un petit garçon a mordu dans un morceau de pizza et s'est planté une épingle dans la bouche. Il s'est mis à hurler et tout le monde a eu très peur. Je suis allée aux toilettes des filles (comme on nous demandait d'appeler cet endroit) et j'ai vomi. Après ça, maman me préparait un déjeuner que j'emmenais à l'école.

Les jours des vaccinations, j'essayais d'être malade et de rester à la maison, mais maman ne se laissait pas prendre à mes simagrées et m'expédiait quand même à l'école. Je me rappelle que j'avais des visions de l'aiguille se cassant dans mon bras et circulant dans mon corps pour venir finalement me poignarder en plein cœur, provoquant ma mort. Les infirmières de l'école étaient chassées de la ville et les piqûres interdites... J'avais de l'asthme en plus et étais allergique aux gerbes d'or, ce qui me valait des piqûres supplémentaires. Une belle journée d'été et je ne cessais d'éternuer. Et je me retrouvais illico dans le bureau du docteur qui me faisait des piqûres contre l'asthme. De hauts murs blancs, des armoires à pharmacie en acier inoxydable, des infirmières également en inox. Compte jusqu'à dix, ma chérie, tu ne sentiras rien du tout. 1, 2, 3, maman, tu es là ? 4, 5, je vous en prie, madame, me faites pas mal ! 6, paf ! Les cris jaillissaient de ma gorge comme une éruption volcanique. Maman, je veux m'en aller, je ne veux plus revenir ici !

On ne nous donnait jamais d'argent de poche. Avec quatre enfants à nourrir, mes parents avaient déjà du mal à joindre les deux bouts. Pour gagner de l'argent, je ramassais des pommes de pin. Il y avait une femme dans un village voisin qui fabriquait des couronnes de Noël pour les vendre. Je ramassais des pommes de pin pour décorer ces couronnes. Je finis même par monter en grade et par tresser les couronnes, puis ensuite par les décorer. Mais mon premier travail a consisté à ramasser les pommes de pin.

Nous avions un long sécateur et des gants, et nous partions dans la montagne, ramassant des cônes parfaits, bien bruns et intacts. S'il n'y en avait pas suffisamment par terre, il fallait grimper aux arbres, s'aventurer dangereusement jusqu'au bout des plus hautes branches et ne couper que le cône, sans abîmer l'arbre.

Je prenais grand soin de ne couper que l'extrême pointe des branches, puis je dégringolais au bas de l'arbre, imprimais une torsion aux pommes de pin pour les détacher des rameaux et les entassais dans mon sac de toile. J'essayais de ramasser au moins un plein sac par jour, soit environ cinq cents pommes de pin. À trois *cents* pièce, cela faisait beaucoup d'argent. Je pouvais alors m'acheter une robe, ou une paire de bottes ou un chapeau, quelque chose dont j'avais très envie et que mes parents ne pouvaient m'offrir.

Au début du printemps et à la fin de l'été, nous faisions la cueillette des groseilles et du cassis que nous allions vendre sur le marché. Il nous fallait nous chausser de grandes bottes pour ne pas être mordues par les serpents, mais nous n'avions pas peur. Je me demande si les petits campagnards continuent à gagner de l'argent de cette façon-là. C'est probable. C'était une drôle de vie, d'être une gamine de la campagne, mais d'aller à l'école dans un village plus important. J'avais l'impression de mener deux vies distinctes et qui n'avaient guère de rapport entre elles. À la maison, nous vivions près de la nature. Il y avait des tâches à accomplir, se lever à six heures le matin pour traire les vaches, fendre du bois pour le feu, puiser de l'eau au puits, nourrir les cochons, donner le biberon aux petits veaux. Aller à l'école, c'était se retrouver dans un endroit où les filles portaient des bas en nylon et des talons hauts et se maquillaient les yeux. C'était dur pour nous ; souvent elles se moquaient de nous.

Ma vie a vraiment changé depuis que le Dr Gillman m'a donné ce magnétophone. Quand Sam n'est pas là ou que Jill dort, je le mets en route et laisse mes pensées se dérouler. Jamais il ne réplique, jamais nous ne nous disputons. C'est l'ami idéal ! Je l'adore ; c'est peut-être dingue de dire ça pour une machine, mais c'est vrai. Il y a des moments où Sam semble en être jaloux, c'est drôle, non ? Avant d'avoir ce magnétophone, évidemment, je ne m'intéressais qu'à lui et à Jill, mais maintenant j'ai autre chose. Il devrait comprendre puisque la musique a une telle importance pour lui, mais je ne suis pas sûre qu'il puisse vraiment.

J'estime que ce magnétophone joue un rôle capital pour moi et que j'en avais réellement besoin. Sachant que j'ai arrêté tout traitement et que je risque de mourir plus vite que si je me soignais, il est plus important pour moi que jamais d'enregistrer ce que j'ai à dire pendant qu'il est encore temps, avant que je sois trop faible ou que je souffre trop. Pour l'instant ça va, je ne me sens pas plus mal qu'avant. Combien de temps cela va durer, personne ne le sait.

Nora est là, en train de donner un coup de main dans la cuisine. Je crois qu'elle en pince pour Sam. Je le vois à la façon dont elle le regarde quelquefois. A-t-elle vraiment besoin de lui ? Elle doit bien avoir une douzaine d'amants, tous différents les uns des autres. Bon, d'accord, je suis jalouse. Et c'est vrai qu'elle a été très gentille, surtout avec Jill. Nora, je t'en prie, laisse mon homme tranquille, c'est tout ce que je demande !

Givits et Weaver sont en train de travailler leur guitare. Ils veulent mettre au point un numéro avec Sam pour trouver un boulot dans une boîte de nuit. Je connais toutes leurs chansons par cœur maintenant. Sam aide à débarrasser la table après le dîner. Il est vraiment chic pour ça. Ce serait trop pour moi avec ma jambe qui me fait mal, Jill que je dois nourrir. Je suis contente qu'il le comprenne.

— Comment ça marche, ces enregistrements ? demande Nora.

— Formidable, je réponds. J'adore ça. C'est la plus belle invention du siècle ! Je me sens presque coupable de tant aimer m'en servir.

— Un truc qui te rend tellement heureuse, ça ne peut pas être mauvais. Même si c'est une machine.

— Elle flippe tout simplement, dit Sam.

— Elle se contemple le nombril, voilà ce qu'elle fait ! crie Weaver de la pièce voisine. Merci, mon vieux. Givits intervient :

— À ce compte-là, on se contemple le nombril chaque fois qu'on fait quelque chose qui nous plaît.

— Même mourir, dit Weaver.

Nora me regarde.

— Qu'est-ce qui lui prend ?

— Il est jaloux, dis-je à mi-voix. Il pense que je détourne Sam de sa musique. Il voudrait qu'il joue matin, midi et soir.

— Dis donc, Sam ! crie Weaver. Tu pourrais pas laisser les filles débarrasser, non ? Ça fait deux semaines qu'on n'a pas répété !

Nora me sourit.

— Je vois ce que tu veux dire.

Elle gagne la pièce voisine.

J'essuie la bouche de Jill. Elle insiste pour manger toute seule et le résultat est assez catastrophique.

— Kate, dit Sam d'une voix contenue.

Je me retourne.

Il tient à la main les cachets que le Dr Gillman m'avait donnés, ceux qui avaient peu de chance de donner des résultats, disait-elle. Je ne les ai pas pris depuis une semaine. Elle le sait. Nous en avons parlé.

— Tu ne prends pas ces cachets, me dit Sam d'un ton accusateur.

— Ils me rendent malade, comme les autres. (J'ai horreur de parler de ça, alors que les autres sont dans la pièce à côté.) On en discutera plus tard.

Je me détourne pour m'éloigner, mais il m'attrape par le poignet et m'immobilise. Il est en colère.

— On va en discuter tout de suite.

— Je te dis qu'ils me rendent malade.

— Tu n'as pas laissé à ton corps le temps de s'y habituer. Combien en as-tu pris ? Deux, trois ?

— J'en ai pris pendant quinze jours, figure-toi... Arrête, s'il-te-plaît !

— Tu n'as pas non plus laissé aux autres médicaments une chance d'agir.

— Ils me rendaient malade ! Bon Dieu, est-ce que c'est tellement difficile à comprendre ? Ils me donnaient des vertiges en plus de tout le reste. Je n'arrêtais pas de tomber. Je ne pouvais pas m'occuper de Jill. Je ne pouvais pas penser... Je ne pouvais même pas travailler à mon livre.

— Ce foutu livre a plus d'importance pour toi que ta propre vie, réplique-t-il furieux.

— Parfaitement !

D'un geste violent, il jette le flacon de pilules dans la poubelle.

— Tu es complètement folle.

— Merci d'être aussi compréhensif.

— Et Jill dans tout ça ?

Déchirée, je le regarde.

— C'est pour Jill que je le fais.

— Comme logique dingue, on ne fait pas mieux.

— Absolument pas !

— Alors, Sam ?

C'est Givits qui appelle depuis l'autre pièce.

Sam me gratifie d'un long regard lourd de mépris et va rejoindre les autres.

C'est l'heure de la sieste pour Jill. Je la couche dans son berceau et sors discrètement. De toute façon, ils ne m'auraient pas remarquée, ils sont tellement absorbés par leur musique.

Pourquoi Sam n'arrive-t-il pas à comprendre pour quelles raisons j'ai interrompu le traitement ? C'est pour lui également, c'est bien là l'ironie de la chose. Il n'aimait pas non plus la personne que j'étais en train de devenir. Même faire l'amour devenait épouvantable, j'étais complètement inerte, incapable de ressentir quoi que ce soit. Il croyait peut-être que c'était parce que j'étais malade et que ça me déprimait. Mais pas du tout ! Sam lui-même a dit que je ne devais pas penser tout le temps à la mort, que je devais penser à la vie, à tout ce que je voulais faire, à tout ce que *nous* voulions faire. Et c'est pour cette raison que j'ai pris cette décision, parce que je savais que tant que je suivrais ce traitement, je ne pourrais rien faire de ce que je voulais. Et je ne laisserais rien derrière moi, je ne laisserais rien à Jill qui lui permette de se souvenir de moi. Je ne peux pas supporter cette idée !

Sam est très compréhensif en général. Il n'est ni cruel, ni stupide, ni borné. Mais je crois qu'il a peur, en fait. Regarder quelqu'un mourir, ça n'est pas comme mourir soi-même. Ça n'est pas pire mais c'est différent. C'est lui, je crois bien, qui refuse d'admettre la réalité, qui fait mine de croire qu'un traitement miracle va être découvert. Mais oui, comment donc !

Je pense tout le temps à ce film, *Love Story*, qu'on a vu il y a quelque temps. Et chaque fois, je sens la colère m'envahir. Son mari était tellement parfait, tellement bon, et elle était tout le temps si ravissante — elle n'allait même pas subir de traitement ! Bon dieu, c'est tellement peu réaliste ! Des films comme celui-là devraient être interdits, je trouve. Ils enveloppent la mort d'un voile romantique, comme si elle ne s'entourait pas de laideur et de souffrance. J'ai l'impression que l'expérience que je subis m'a beaucoup appris, mais je crois bien que je m'en passerais. Je ne suis pas sûr d'avoir envie de voir Sam sous ce jour-là, d'être témoin de ses faiblesses. Pourquoi est-ce qu'elle ne perdait pas ses cheveux, elle ? Pourquoi est-ce qu'elle ne vomissait pas ? Comment expliquer qu'ils ne se soient jamais disputés parce qu'ils étaient à la fois furieux et angoissés par l'injustice de leur sort ?

Oh, calme-toi, Kate. Arrête donc de fulminer. À quoi ça sert ? Simplement à me soulager, je suppose.

Quand je rentre, Sam n'est plus là. Je descends chercher Jill chez Nora.

— Quand sont-ils partis ? je demande.

— Oh, vers cinq heures.

— Ils ont dit quand ils rentreraient ?

— Non.

Je monte chez nous avez Jill. Elle est paisible, silencieuse.

— Comment va mon poussin ? dis-je, la tenant dans mes bras.

— Je suis pas ton poussin... Je suis ton coussin, dit-elle. Toi, tu es mon poussin.

— Où est parti papa ? je lui demande, comme si elle pouvait comprendre. Mais j'aime lui parler, c'est une vraie personne, elle me regarde avec intérêt, elle comprend ce que je lui dis.

— Papa parti ? répète-t-elle. Hommes partis... Catar partie...

C'est comme ça qu'elle prononce guitare, comme si c'était une maladie. C'en est une, peut-être. C'est eux peut-être qui se contemplent le nombril, avec leurs obsessions. Ils ne pensent qu'à une chose, finalement : quand vont-ils décrocher le gros lot et que feront-ils avec tout cet argent ? Quels cons !

Je lis des histoires à Jill. Elle tourne les pages à toute vitesse et j'ai à peine le temps d'improviser des commentaires au fur et à mesure. C'est drôle, — elle adore les passages où un des principaux personnages commet ou se prépare à commettre une mauvaise action. Quand la petite fille de l'histoire s'empare d'un couteau pointu et se fait gronder, les yeux de Jill se mettent à pétiller. « Elle est méchante ! » dit-elle d'un ton excité. « Elle est méchante, comme M. Jones ! » M. Jones est un minuscule pantin, pas plus de six centimètres de haut, avec un visage informe. Nous avons, je ne sais trop comment, inventé un jeu où je le pose sur la table en disant quelque chose dans le genre : « Écoutez, M. Jones, soyez sage. Assez de bêtises pour aujourd'hui. Je vais me fâcher ! » Je jette ensuite M. Jones en travers de la pièce et j'ajoute : « M. Jones, arrêtez immédiatement ! Qu'est-ce que je vous ai dit ? » Le jeu continue, car M. Jones refuse d'obéir à mes ordres de rester en place et il vole dans tous les sens, se cognant aux objets de la pièce. Jill s'en étrangle de rire. C'est son jeu préféré. En fait, elle-même est plutôt sage. Peut-être parce qu'elle sent qu'elle ne serait pas punie, elle n'éprouve pas le besoin de faire des sottises. Si j'étais si insupportable étant petite, je pense que c'était en partie pour narguer les adultes, parce que je voulais qu'on s'occupe de moi et que je savais que j'allais ainsi provoquer une réaction.

Sam rentre vers minuit. Couchée dans le lit, j'écoute la radio. De vieilles chansons de Bob Dylan que j'adore.

— Bonsoir, dis-je d'une voix unie.

Il ne répond pas.

— Merci de m'avoir laissé un mot pour me dire où tu allais, j'ajoute.

— Oh, arrête, tu veux ? (Il se déshabille et se glisse à côté de moi.) Dès demain, j'appelle le Dr Gillman, dit-il.

— Pourquoi ? Tu as mal à la jambe ?

— Je n'ai aucune influence sur toi, quoi que je puisse dire. Elle en aura peut-être davantage !

— Sam, j'en ai discuté avec elle ! Elle comprend très bien pourquoi je ne veux pas continuer le traitement.

— Eh bien, je veux le lui entendre dire.

— Bon parfait, demande-lui. Mais pourquoi ne peux-tu pas comprendre ?

Il me fait l'amour mais il est toujours furieux. Il a besoin de quelqu'un et je suis là. Seigneur, c'est horrible de penser que c'est devenu comme ça alors que c'était tellement merveilleux avant. Je réagis purement physiquement, mais il n'y a ni joie ni amour dans notre étreinte.

Le Dr Gillman vient déjeuner. Elle n'est jamais venue ici, n'a jamais vu notre appartement. L'occasion n'est peut-être pas des plus agréables, mais je suis quand même ravie à l'idée qu'elle va nous rendre visite. Je lave et je cire le sol de la cuisine, j'essuie la poussière un peu partout. Je sais qu'elle n'est pas comme ma mère. Elle ne sera pas choquée s'il y a une assiette sale dans l'évier, mais j'ai envie que l'appartement soit plaisant à regarder.

Sam va dans la cuisine préparer quelques sandwiches. Je me repose dans le fauteuil à bascule, Jill sur les genoux.

— Alors, comment ça se passe, avec le magnétophone ? demande le Dr Gillman.

— Merveilleux... C'est le plus beau cadeau qu'on m'ait jamais fait... Mais dites-le moi, si jamais vous avez un discours à préparer...

Elle semble déconcertée.

— Vous savez bien, vous m'avez dit que vous vous en serviez quelquefois quand vous...

— Oh, c'est vrai... Non, je n'en ai pas besoin pour le moment, gardez-le.

— Vous voulez de la moutarde sur votre jambon ? crie Sam.

— Je veux bien, oui, merci, dit-elle.

— Si je peux tout enregistrer, enfin, pas tout, c'est peut-être impossible, mais si je peux enregistrer presque tout ce que je veux dire à Jill, c'est tout ce qui m'intéresse... Je n'aurais jamais pu, tant que je prenais ces médicaments. C'est bizarre, mais maintenant je sais ce que c'est que d'être droguée, et seulement le côté déplaisant ; ça ne m'a jamais rendu le moins du monde euphorique... Je sais que je vais mourir plus tôt, mais...

— Demain, par exemple ? lance Sam depuis la cuisine.

— Je ne vais pas mourir demain ! je lui crie. Pourquoi ? Ça t'arrangerait ?

Pas de réponse.

— Non, je pense que j'en ai encore pour deux mois. Et je n'ai pas besoin de plus.

— Sam, c'est la décision de Kate, dit le Dr Gillman à Sam quand il entre dans la pièce et lui tend un sandwich.

— Ça n'est *pas* la décision de Kate ! réplique-t-il. Regardez-la... elle se prend pour Camille ! Vous ne voyez donc pas ! Elle se défonce à l'idée de mourir.

— Absolument pas !... Mais je prends plaisir à savoir que je suis un être humain, que je suis capable d'aimer et tout ce que cela implique. Je n'ai pas peur de l'amour et je n'ai pas peur de la mort.

— Tu déconnes !

— Kate comprend très bien, je crois, que si elle arrête tout traitement, elle n'a aucune chance de prolonger sa vie. Le cancer va se répandre très rapidement.

— C'est quoi, très rapidement ? je demande doucement.

Sam pivote vers moi.

— Comment peux-tu demander ça ? La question n'est pas là ! Si tu te soignais, tu aurais une chance de vivre.

— Aucune !... Si j'avais cinquante pour cent de chances, je suivrais le traitement. Cinquante pour cent de chances de vivre une vie normale... Je n'en ai aucune, Sam ! J'ai quinze pour cent de chance de vivre cinq ans et avec ce traitement, ces cinq ans seront l'enfer.

— Mais tu serais *là*, Jill t'aurait, je t'aurais...

— Même pas... Tu aurais un corps sans vie, tu aurais une larve informe, toujours en train de rouspéter... Je ne veux pas laisser à ma fille ce souvenir de moi ! Et à toi non plus !

— Tu ne m'as pas l'air tellement sereine en ce moment même.

— Je ne suis pas sereine parce que tu refuses de comprendre. Tu luttes contre moi. Le Dr Gillman comprend, elle, mais toi, tu ne peux pas !

Sam nous regarde à tour de rôle.

— Écoutez, il y a trente ans, quelqu'un est mort un jour ou une semaine avant qu'on découvre un médicament qui guérissait la diphtérie ou la pneumonie... Tu veux mourir un jour avant qu'on sache guérir le cancer ?

— Tu rêves, non ? On ne va pas découvrir comme ça du jour au lendemain comment guérir le cancer.

— Pourquoi pas ? Ils travaillent là-dessus depuis si longtemps... Ils finiront par trouver un jour.

— Je crains, malheureusement, d'être de l'avis de Kate, déclare le Dr Gillman. Ils travaillent là-dessus et je suis sûre qu'ils trouveront la solution. Mais je ne pense pas que je vivrai assez vieille pour voir ce jour, franchement. C'est une chose très compliquée, le cancer.

— Mais il y a des femmes qui ont un cancer du sein et qui vivent quand même, dit Sam.

— C'est différent... On peut en venir à bout par la chirurgie et l'irradiation... Mais pour un cancer des os, ça ne donne aucun résultat... Écoutez, je pense qu'on trouvera éventuellement plusieurs méthodes. On pourra peut-être vacciner contre le cancer comme on vaccine contre la polio ou d'autres maladies. Il y a certainement une foule de possibilités. Mais pour le moment, nous sommes trop loin d'une solution.

Sam demeure silencieux. Merci, Dr Gillman. Oh, je voudrais être milliardaire et lui léguer toute ma fortune. Non pas qu'elle ait besoin d'argent, d'ailleurs. Alors je voudrais être sa marraine la fée et lui donner tout ce dont elle a le plus envie.

— Le cancer va se généraliser en combien de temps si elle ne suit aucun traitement ? demande Sam, plus calme.

— On ne peut absolument pas savoir... il attend, comme s'il se reposait. Mais quand il attaque, il gagne très vite du terrain, à travers le sang.

— Mais jusque-là, jusqu'à ce qu'il arrive aux poumons, j'aurai un peu de temps, n'est-ce pas ?

— Un peu, oui... Quelques mois, peut-être.

— Et je ne me sentirai pas tellement plus mal qu'en ce moment, je pense ?

— Vous vous sentirez beaucoup plus mal juste à la fin.

— Mais jusque-là...

— Plus faible peut-être, et votre jambe vous gênera davantage...

Je me tourne vers Sam, bien que ça me déchire de le regarder.

— Tu vois ? J'ai encore du temps devant moi, j'ai assez de temps.

— Assez de temps ! (Il est de nouveau furieux, écœuré.) Assez de temps pour quoi ? Pour être une épouse ? Pour être une mère ? Pour expérimenter tout ce qui peut être expérimenté ?

— Sam... intervient le Dr Gillman. Ça n'est pas aussi simple. Kate va mourir. Sans traitement, elle mourra plus vite... Certains malades ont des réactions tellement épouvantables au traitement que la différence entre mourir bientôt et mourir très bientôt n'a aucun sens pour eux. Il vaut peut-être mieux mourir avec courage et dignité, même si c'est plus tôt...

— Bon, d'accord, ça ne servira peut-être à rien de lutter. Mais s'il s'agissait de moi, je lutterais.

— Il ne s'agit pas de vous, dit-elle, le regardant droit dans les yeux.

Du coup, il semble capituler.

— Eh bien, si tu veux mon opinion, me dit-il enfin d'une voix contenue, tu es en train de te suicider. Et vous, ajoute-t-il en braquant un doigt sur le Dr Gillman, vous êtes une criminelle.

Il empoigne sa veste et sa guitare et sort en trombe, claquant la porte derrière lui.

Un silence s'ensuit.

— Il adore les sorties dramatiques, dis-je avec amertume.

Le Dr Gillman n'a pas bougé.

— Kate, dit-elle, essayez de comprendre par où il passe.

Je hausse les épaules.

— Merci, en tout cas... Vous avez été merveilleuse.

Elle a l'air préoccupée.

— Vous pourrez vous débrouiller, Kate, s'il ne revient pas ?

— Mais oui, évidemment, je réponds, un peu trop précipitamment.

— Vous êtes sûre ?

— Il reviendra, ne vous inquiétez pas... Ce qu'il n'a pas pu supporter, c'est que vous ayez le dessus dans la discussion.

— Je n'essayais pas d'avoir le dessus.

— Je sais... Et c'est peut-être pire encore.

— Vous êtes tellement honnête, Kate.

— Je n'ai pas le temps de ne pas l'être, je suppose.

Elle s'en va. Je fais manger Jill, puis je l'emmène dans le parc. Je me conduis comme si tout était normal. Mais la nuit vient, puis le jour, puis la nuit de nouveau, et toujours pas de Sam. Elle avait peut-être raison. Il ne reviendra pas. Ça semble démontrer une telle irresponsabilité, en ce qui concerne Jill. Même s'il me hait, ne pourrait-il pas penser à Jill ? Vraiment, ça m'inquiète. Qui va veiller sur Jill quand je serai morte si Sam s'en désintéresse ? J'ai déjà réfléchi à ce problème, mais il faut vraiment que je prenne une décision. Je n'aime pas m'ériger en juge, mais je dois choisir avec discernement car les années à venir sont celles qui joueront le plus grand rôle dans la formation de Jill.

Je me dis quelquefois que Sam et Nora vont se mettre ensemble. Mais elle n'a pas une attitude normale vis-à-vis de Jill. Son comportement envers elle manque de naturel, pour commencer, et Jill le sent. Nora en a tellement bavé avec ses propres parents, qu'elle aurait la même attitude avec son propre enfant je crois bien — parce qu'elle n'a aucune idée de ce que peut être une vie de famille harmonieuse. En plus, je sais que c'est mesquin de dire ça, je n'aime pas la façon dont elle tient son ménage ou fait la vaisselle. J'ai toujours eu horreur de la saleté dans une maison ; elle semble engendrer une atmosphère malsaine de mécontentement général. Sam et moi nous disputons toujours quand le désordre s'installe dans l'appartement.

Nora n'est pas non plus la femme qu'il faut à Sam. Il est parfois sombre, difficile à vivre, et il faut être prêt à faire des concessions pour lui. Et à s'occuper de lui. Quand il vocifère, je dois rester calme. Quand il porte des jugements excessifs, je dois me montrer d'accord avec lui, et attendre un moment mieux choisi pour lui expliquer qu'il a tort. La vie avec lui n'est pas toujours facile.

Jill est une merveilleuse petite fille qui a besoin d'une mère et d'un père pour l'aimer. Pourquoi est-ce que je ne peux pas ? Je souffre, bon dieu ! Je souffre. Laisse-moi mon enfant, saloperie de maladie ! Toi qui viens me voler ma vie. Pourquoi ? Pourquoi ? Pourquoi ?

Le temps, le temps, le temps
Vois ce que je suis aujourd'hui
moi qui, plongée dans mes pensées,
réfléchis sur mon avenir.

Regarde autour de toi
l'herbe est haute,
c'est le printemps de ma vie
je vais mourir...

Ravie parfois
parfois prostrée
Sur le reflet de mon visage
hier encore harmonieux,
je vois s'inscrire
les stigmates de la solitude...

J'écoute Simon et Garfunkel. Seigneur, ils sont fantastiques. Je vais transcrire toutes leurs chansons dans mon livre. Comme ça, si je retourne à l'hôpital, je pourrai les lire. J'adore certains de leurs poèmes. Ils sont d'une telle puissance...

Prisonnière sur mon trône
de roses de minuit flétries,
oubliée de ces univers
qui jadis étaient miens,
mes mots de givre reconnaissent
en un murmure ténu
que l'éclat des couleurs anciennes
s'est effacé sous le soleil.

Par ma fenêtre éclatée
je vois une mer étrangère,
l'amour porté sur le ressac
le cœur battant comme une houle,
jamais plus ne les connaîtrai
car le bonheur
toutes les joies,
la douce lumière de l'été
se sont effacés au soleil.

Aux aguets des instants qui passent
je regarde la ville folle
mes larmes marquent les heures écoulées
Le vol simple d'une colombe
me rappelle mon amour
l'image de mon âme
autrefois mienne
Et le soleil lui-même
a perdu son éclat.

C'est le soir de nouveau. Sam est parti depuis une semaine. Sept longues journées. Le jour, ça va encore. La maison est bien silencieuse sans sa musique, mais ça ne me gêne pas trop. Ça m'angoisse un peu, quand même. Il me manque tellement. Pendant la journée, je suis très occupée par Jill. Nous sortons beaucoup, maintenant que le temps s'est radouci. Elle emmène sa vieille poupée de chiffons et la pousse sur la balançoire. Elle reste un peu à l'écart des autres enfants et se contente de les observer. Les enfants sont bizarres, quand même ! L'autre jour, un petit garçon a dit brusquement à sa sœur ou à une gamine quelconque : « Je la déteste ! » Il parlait de Jill, qui était assise tranquillement un peu plus loin, et ne faisait rigoureusement rien qui puisse l'embêter ! Les gosses ne sont peut-être pas plus mauvais que les adultes, mais ce ne sont pas non plus les petites créatures angéliques que l'on dépeint parfois. J'étais folle de rage. Je sais que je devrais laisser Jill se défendre toute seule. Mais quand le même petit garçon, un peu plus tard, s'est approché d'elle et s'est mis sans aucune raison à lui taper dessus, je l'ai empoigné en criant : « Arrête immédiatement ! Tu entends ? » J'étais si furieuse que j'aurais pu le tuer ! Sa mère, une dame enceinte jusqu'aux dents, s'est levée du banc où elle était assise et s'est approchée en se dandinant pour dire d'une voix paresseuse : « Peter, sois sage, voyons ». J'avais le cœur qui cognait dans ma poitrine. Plus tard, je me suis dit que j'avais eu tort. Je ne serai pas toujours là pour défendre Jill. Il faut qu'elle apprenne à tenir tête aux autres, qu'elle devienne coriace. Seigneur ! En tout cas, l'incident a fait une forte impression sur elle. Plusieurs fois depuis, elle m'a dit avec un large sourire : « Maman a tapé le petit garçon. Il était méchant ! » Je n'aime pas l'idée que la violence est inhérente aux hommes et pas aux femmes, mais pourtant il me semble que Jill est douce et confiante, qu'elle s'attend à être bien traitée par les autres. Je ne peux pas supporter l'idée que la vie se chargera de lui apprendre le contraire !

Je la laisse veiller tard exprès. Nous regardons la télé, pelotonnées l'une contre l'autre. Quelquefois, elle s'appuie sur ma jambe et ça me fait mal. Je suppose que je fais un peu la grimace parce qu'elle me demande : « Maman mal à la jambe ? » Cela dénote une telle sensibilité chez un être aussi jeune, de sentir que je souffre. Quand nous regardons la télé ou écoutons la radio, il lui arrive souvent de s'endormir et je vais la coucher dans son berceau.

Puis vient la nuit et c'est le moment le plus pénible. Je ne peux empêcher mon esprit de tourner en rond, de ressasser de sombres pensées, malgré tous les efforts que je fais pour les repousser. Je pense à la période que j'ai passé à réfléchir, ma colère, mon humiliation et parfois mon désespoir reprennent possession de moi, me replongent dans les angoisses que j'avais réussi à maîtriser. C'est très difficile pour moi d'exprimer ces pensées, même par l'intermédiaire du magnétophone. Mon esprit revient continuellement à la peur et au doute, à l'espoir, finalement, que je vivrai.

Je me retourne alors et je vois Jill qui dort dans son berceau, ou alors je tends l'oreille, guettant la sonnerie du téléphone, ou un coup frappé à la porte. Mon esprit se laisse facilement distraire, lorsque je suis accablée à l'idée de laisser derrière moi tout ce que j'aime.

Je pense à l'époque où nous sommes venus pour la première fois à Vancouver, alors que Jill n'était encore qu'un bébé, ne marchait pas encore, ne parlait pas. Je me rappelle que l'effet de mon deuxième comprimé se dissipait vers cinq heures du matin et je regardais les premières lueurs de l'aube envahir petit à petit les murs blancs et lisses de l'hôpital, effleurant d'abord le plafond pour ensuite descendre furtivement le long des murs comme un fugitif qui ne veut pas être vu. Dans un petit lit de camp, Sam dormait d'un sommeil agité, se tournant et se retournant sans cesse, essayant de veiller sur moi, mais trop épuisé pour rester éveillé plus de quelques minutes d'affilée. La bosse sur ma jambe me faisait souffrir. Des questions dénuées de sens auxquelles personne ne semblait pouvoir répondre se pressaient dans mon esprit. Il semblait que j'aie une sorte de cancer, mais qu'est-ce que cela signifiait ? Pourquoi ? Pourquoi ? Pourquoi ? L'angoisse m'assaillait, cognait contre les parois de mon cerveau comme un gigantesque bélier démolissant un immeuble.

L'infirmière entrait et prenait ma température.

— Vous voulez un autre cachet, mon petit ? demandait-elle en me caressant le front ? Vous n'arrivez pas à dormir.

— Non, disais-je, mais ce sera bientôt le moment de se lever de toute façon.

Sam remuait dans son sommeil. Peu après, le petit déjeuner arrivant le long des couloirs blancs ; des œufs brouillés fumants, des céréales, un jus de fruit, quatre toasts. Sam mangeait tout, car je ne pouvais rien avaler. À force de voir des médecins et d'aller d'hôpital en hôpital, j'avais perdu tout appétit. Je savais que Sam détestait toute cette nourriture parce que je ne la partageais pas avec lui, mais au moins il était nourri.

Après le petit déjeuner, la vie renaissait une fois de plus dans l'hôpital. Même si cette animation ne durait que peu de temps, elle rompait la monotonie de mes journées qui consistaient à être couchée entre des draps stériles, à regarder des murs stériles, à avoir peur de ne pouvoir agiter que des pensées stériles.

Durant les week-ends, Sam et moi nous promenions dans les vastes halls inondés de soleil, en parlant, en nous faisant part de nos espoirs et de nos craintes. Sam m'avait apporté des crayons, du papier et un rébus. Un jour, il m'apporta même du papier mâché pour fabriquer une statue. Nous remplîmes d'eau tous les bassins que nous pûmes trouver et entreprîmes de malaxer la pâte et de déchirer des bandes de papier pour faire la statue d'une des infir-mières, Sue Ellen, mais le résultat ne fut guère satisfaisant et nous jetâmes le tout dans les W.C. de ma chambre.

Comment est-ce, de mourir ? J'ai l'impression parfois de le savoir. On a froid, on a mal, on est tellement seul... Tout le monde essaie d'être gentil. Je me demande ce que deviendront toutes mes affaires quand je serai morte. Je ne sais pas quoi faire de tous mes livres et de tout ce qu'il y a dans la maison. J'espère que Sam pensera à arroser mes plantes. Je crois que j'ai peur de mourir. Je ne regrette pas d'avoir arrêté le traitement. J'avais l'esprit malade à cause de toutes ces drogues. Je ne me souciais plus ni de ma famille ni de moi-même. Je ne pensais même plus à vivre. En esprit, j'étais morte. J'ai peur simplement, parce que je ne sais pas ce qui m'attend après la mort. Et je ne sais pas comment je me conduirai vers la fin. Il faut que je sois forte.

Tout au fond de mon âme, j'ai l'impression, je ne sais pour-quoi, que tout n'est pas perdu. Je ne mourrai peut-être pas. Mais le mot peut-être n'a pas de sens. Je raisonne comme un enfant, je suppose. Et je me languis de la chaleur du sein maternel. « Maman, berce-moi de nouveau. » On se sent tellement en sécurité quand on est petit. Maman, j'ai mal ! Embrasse mon bobo et je serai guérie. Oh, si seulement...

Qui va bercer ma petite Jill ? Mon ange. Que vas-tu devenir ? Tu t'en tireras peut-être très bien, mais je me fais tant de soucis ! Soyez gentils avec mon bébé, je vous en prie !

Il y a tant de choses que je voudrais lui apprendre. Sur la vie, la façon de vivre et d'être heureuse. Tant de choses à lui dire. Je voulais l'aider à devenir, en grandissant, une femme de qualité, une vraie personne. Je voulais faire de mon mieux pour l'aider à passer le cap difficile de l'adolescence. Je ne sais pas ce que sera le monde dans lequel elle vivra. Pourra-t-elle respirer de l'air pur, boire l'eau jaillissante des sources dans les montagnes, comme je l'ai fait ? Devra-t-elle redouter la guerre et la haine ? Est-ce qu'il y aura même un monde dans lequel elle pourra à son tour donner naissance à un enfant ? Si seulement je savais.

Je voudrais que Sam revienne.

Dans le vent printanier
mélancolique et tiède,
ton absence me hante.
Une ombre grise au mur lointain
marque le passage du temps
depuis notre séparation.

Le vent s'est fait mon compagnon fidèle
il improvise des berceuses
qui murmurent ton nom
et chantent doucement notre amour ancien.
Au long des nuits d'un hiver qui s'attarde
je pense à toi.

Un mois de nuits, un an de jours
trop longue attente
avant notre retour
au lieu d'autrefois
où la vie n'était qu'amour et la liberté
chansons.

O vent, chuchote-moi,
pourrons-nous revenir
au réel, à la vie ?
Fais-moi une chanson
et délivre mon cœur.

Au parc, je ne parle à peu près à personne. Je n'ai pas envie de me lier avec quelqu'un et de devoir alors raconter ma longue, ma triste histoire. Je m'assieds donc un peu à l'écart des autres, ou bien j'apporte un livre et je lis. C'était plus facile en hiver, quand Jill et moi étions pratiquement les seules à venir au parc. Maintenant, il y a davantage de monde. Aujourd'hui, cette fille très chaleureuse, très bavarde, vient s'asseoir à côté de moi.

— C'est lequel le vôtre, demande-t-elle.

— La petite fille, là... Elle s'appelle Jill.

— Oh, ce qu'elle est mignonne... Le mien, c'est le petit garçon, là-bas, près de la fontaine.

— Je crois qu'elle est détraquée.

— Oh, ça lui est égal... Il aime bien jouer dans ce coin-là.

Elle sort son tricot.

— Qu'est-ce que vous faites ?

— Un sweater, en principe. L'ennui, c'est que j'aime bien tricoter, mais je déteste ensuite monter le tricot. Alors je l'envoie à ma belle-mère et elle le finit.

Jill a le nez qui coule et je me lève pour la moucher.

— Qu'est-ce que vous avez à la jambe ? demande la fille. Au fait, je m'appelle Martha.

— Et moi Kate. J'ai... j'ai eu un accident de voiture.

— C'est vraie ? Ça c'est fantastique, comme coïncidence. (Elle retrousse son bleu jeans pour me montrer sa jambe couverte de plaies à demi cicatrisées.) Ça aussi, c'est un accident de voiture... Je ne sais pas ce que je vais faire cet été. Moi qui suis si bien en maillot de bain !... Et vous, qu'est-ce que vous allez faire ?

— Je n'y ai pas beaucoup réfléchi.

— Et vous, c'était de votre faute ? Je veux dire, c'était vous qui conduisiez ? (Elle enchaîne avant que j'aie pu répondre.) Moi, c'est de ma faute, c'est bien ça qui est épouvantable. J'allais trop vite, il y avait du verglas, j'ai dérapé et la voiture a pris feu... Et il était avec moi ! ajoute-t-elle en désignant le petit garçon.

— Il a été blessé ?

— Non, je l'ai jeté hors de la voiture... C'est drôle, la présence d'esprit qu'on peut avoir, même dans des cas comme ça. Je l'ai tout simplement jeté par la fenêtre et il n'a strictement rien eu... Mais j'avais la jambe dans un état affreux. Elle n'est pas encore bien belle, mais avant c'était épouvantable. Tout allait aussi mal que possible. Je venais de divorcer et j'étais vraiment en pleine déprime. Je faisais de l'auto-destruction, je crois bien... Mais maintenant, j'en suis sortie. J'ai des jules, j'ai un boulot... mais à cette époque, j'étais vraiment lamentable.

Je jette un coup d'œil à Jill qui semble jouer paisiblement.

— Écoutez... est-ce que vous pourriez surveiller ma fille pendant cinq minutes ? Il faut que j'aille donner un coup de fil.

— Bien sûr... Prenez votre temps.

Il y a une cabine téléphonique au coin de la rue. Je me retourne pour jeter un coup d'œil à Jill ; tout va bien, semble-t-il. Mais je reste un long moment dans la cabine sans arriver à me décider. Est-ce que je dois vraiment appeler ? C'est tellement humiliant, en un sens. Mais en fin de compte, est-ce que j'ai le temps de jouer à ce genre de jeux, de me draper dans ma dignité ?

Je sais que Sam est probablement chez O'Brien, le bar où il travaille sa guitare depuis quelque temps avec Weaver et Givits. S'il n'est pas là, je ne sais pas où il peut être. Je compose le numéro et la sonnerie retentit sept fois. Au milieu de la huitième, j'entends la voix de Sam qui a décroché.

— Oui ? fait-il d'un ton bref, comme irrité d'avoir été dérangé.

— C'est moi.

— Salut.

— On s'ennuie de toi.

Un silence s'ensuit.

— Tu vas prendre tes médicaments ? demande-t-il enfin.

— Jill serait tellement contente de te voir. Elle...

— Ce n'est pas ce que j'ai demandé. Réponds simplement à ma question. Tu prends tes médicaments et je reviens. Ça n'est pas plus compliqué que ça.

— Mais le Dr Gillman...

— Le Dr Gillman, je l'emmerde ! Je ne veux plus entendre toutes ces conneries, Kate. Tu te soignes ou tu ne te soignes pas, c'est tout ce que je veux savoir.

— Tu connais ma réponse, Sam.

— Eh bien alors, tu connais *ma* réponse à *ta* réponse... Au revoir !

Je reste plantée là, le téléphone à la main. Qu'il aille au diable, après tout ! J'ai été idiote de l'appeler. Nous pouvons nous débrouiller, Jill et moi, nous n'avons besoin de personne... Pourquoi les gens que j'aime sont-ils si merveilleusement compréhensifs ? Avec ses parents, on n'a pas le choix, mais avec les hommes si, à moins d'être horriblement laide, ou bizarre ou je ne sais quoi. J'avais le choix. Me suis-je trompée deux fois ? Mais Sam semblait si différent de David, si bon. Si j'avais dû faire la liste d'une demi-douzaine d'adjectifs pour qualifier Sam, le mot « bon » serait venu en tête. Je me rappelle un poème sur lui que j'ai écrit un jour.

Sous les doigts pétale de rose
ta peau si douce,

Dans tes cheveux
le velours sombre de la nuit,

Brûlant
de fièvre
entre mes épaules
ton souffle ardent,
tendre tes mains
dont la caresse
effleure ma poitrine

je t'aime
et j'aime ta bonté
Toi.

Eh bien, d'accord, je ne sais pas juger le caractère des gens... Je regagne lentement le parc. Martha s'apprête à partir. Elle est gentille mais un peu dingue. Je suis contente qu'elle s'en aille, car je n'ai pas envie de parler à qui que ce soit. Je suis assise sur le banc, dans le trente-sixième dessous à cause de Sam, mais je suppose que la moitié des filles, des femmes qui se trouvent dans ce parc ont eu le même genre d'ennuis. Est-ce que ça ne devrait pas me consoler un peu ? Eh bien, pas du tout ! À côté de moi est assise une vieille dame qui s'extasie sur Jill.

— Je parie que sa grand-maman la gâte ! dit-elle en m'adressant un clin d'œil.

— Sa grand-mère ne l'a jamais vue, je réponds d'un ton rogue.

Oh, arrête, Kate ! Qu'est-ce qu'elle t'a fait cette vieille dame ? Est-ce sa faute si tu as mal choisi tes hommes et tes parents ?

Je me laisse submerger par la tristesse, je m'apitoie immensément sur mon sort. J'aime bien, de temps en temps. Comme en ce moment, parce que je suis seule. Parce que je suis en train de mourir. J'aime être une martyre. Au moins, je suis quelque chose, dans ces cas-là.

Je me mets à rêvasser. C'est toujours la même angoisse qui me harcèle. Que va devenir Jill ? Alors j'imagine que dans ce parc je rencontre une femme qui a un seul enfant et ne peut en avoir d'autre. Elle a désespérément envie d'un deuxième enfant, mais c'est si difficile d'en adopter un, elle ne sait pas quoi faire. Je vois son comportement avec son propre gosse, elle est merveilleuse, c'est une mère remarquable, douce, gentille, attentive. Je m'approche d'elle et lui demande : Vous voulez bien prendre ma petite fille quand je serai morte ? Elle est ravie, n'en revient pas d'une telle chance. Nous nous sourions, Jill a l'air de bien l'aimer...

Bon, il est temps de rentrer. Finis les fantasmes.

— Jill, on va passer chez le fleuriste, tu veux bien, mon chou ?

Elle me suit lentement, traînant un bâton derrière elle.

Chez le fleuriste, j'achète un beau lierre. J'adore avoir des plantes vertes à la maison. J'ai l'impression que ça purifie l'atmosphère. Je le ramène à la maison et Jill me suit pas à pas tandis que je vais chercher une soucoupe pour mettre sous le pot que j'installe ensuite devant le bow-window, au milieu.

— Le lierre, ça pousse à toute vitesse, Jill, tu vas voir. On va mettre des ficelles pour le faire grimper de chaque côté de la fenêtre et au-dessus. Ça fera un cadre de verdure. Ce sera ravissant.

— Je suis mouillée, dit Jill, peu impressionnée.

— Alors, va me chercher une couche, d'accord ?

Elle s'éloigne en trottinant et revient avec une couche. Elle se laisse ensuite tomber sur le lit, dans la bonne position. Je me penche sur elle et l'embrasse sur le nombril et tout autour.

— Qu'est-ce que c'est que ce gros ventre tout rond ? dis-je en la bécotant.

Elle sourit, pleine d'indulgence, à moitié endormie. Elle a les paupières lourdes ; l'heure de sa sieste est déjà passée. Le temps que je la change, elle dort déjà. Je rabats la couverture sur elle. Le lierre fait très bon effet ; je suis contente que nous l'ayons acheté.

Dans la soirée, après le dîner, Nora monte me voir.

— Je ne te dérange pas ?

— Pas du tout.

— Je pensais que Sam travaillait sa guitare.

Je secoue la tête.

— Je veux dire, il la travaille peut-être, mais pas ici. Il a... pour ainsi dire mis les voiles.

Elle est sidérée.

— Pour de bon ?

— Il semblerait.

— Le salaud ! Comment a-t-il pu faire ça ? C'est dégueulasse !... Seigneur, vous aviez l'air tellement heureux, tous les deux. Vous êtes le seul couple heureux que j'ai jamais vu.

Je hausse les épaules.

— Tu te rends compte ! Ah, les hommes, c'est quelque chose, vrai !

J'aime bien parler avec d'autres femmes, mais je n'ai jamais aimé les conversations du genre « les hommes sont tous des affreux ». Cette façon de généraliser n'a aucun sens.

Nora se laisse choir sur le lit. Elle est habillée de façon insensée, elle ressemble à Jill quand elle se déguise en gitane.

— Moi, je me suis engueulé avec mon gars hier, mais enfin, on n'a jamais été... enfin, ça n'a jamais été comme Sam et toi.

— C'était lequel ?

— Willie, le noir... Tu l'as vu une fois, tu te rappelles ?

— Ah oui, je crois.

— Écoute, personne n'est heureux, reprend-elle, alors pourquoi le serait-on ? Pourquoi serait-on l'exception ? Mes parents se sont haïs pendant quarante ans.

— Pas les miens.

Elle a l'air surpris.

— Ah non ?

— Non, ils s'aimaient... Ils s'aiment encore, je crois.

— Mais tu m'as dit que ta mère était une garce...

— On ne s'entend pas, mais enfin...

— Eh bien, ma mère, en tout cas, je me demande qui aurait pu l'aimer !... Elle était folle, Dieu ait son âme. Et je ne veux pas dire qu'elle était simplement un peu dérangée, non c'était plutôt le genre qu'on aurait dû boucler dans une cellule capitonnée.

En un sens, j'envie Nora d'éprouver à l'égard de sa mère une haine sans équivoque. Si je n'aimais pas maman, ce serait mille fois plus facile.

— Nora. (Je détourne la tête.) Nora, je me sens fatiguée. Jill et moi avons passé la journée dehors... Ça t'ennuierait si je...

— Non, non, vas-y, dors. J'ai plein de trucs à faire. Je voulais seulement te dire bonsoir, voir comment ça allait.

Après son départ, je reste étendue sur le lit. Le cafard vespéral prend possession de moi. Je regrette de ne pas avoir un piano. Je pourrais jouer des berceuses à Jill. Nora est gentille, les gens ont été gentils, mais il n'existe personne avec qui je puisse pleurer. Personne pour me toucher. Personne pour me dire que je peux me laisser aller. Personne pour me consoler et m'écouter m'attendrir sur mon sort. Je me sens tellement nouée à l'intérieur que j'en ai mal... Si seulement Nora avait l'idée de redescendre...

Je vais peut-être téléphoner chez moi. Si Pat est là, je lui demanderai de venir. J'ai assez d'argent pour lui payer son billet.

— Bonsoir, maman, j'espère qu'il n'est pas trop tard pour appeler...

— Eh bien, ton père est déjà couché... J'étais justement en train de ranger un peu...

— Comment vas-tu ?

— Aussi bien qu'on peut l'espérer, je suppose... Et toi ?

— Ça va bien aussi... Pat est là ?

— Qu'est-ce que tu voulais lui dire ?

— J'avais juste envie de lui parler.

— Elle est sortie.

— Oh... En réalité, je téléphonais parce que je me demandais si elle ne pourrait pas... venir un peu ici de nouveau.

— Nous n'avons pas d'argent pour ça, Kate.

— Je peux payer son billet, maman...

— Pat est trop jeune pour voyager seule.

— Elle est déjà venue.

— Je sais.

— Et si tu venais, toi aussi ? Ça n'est pas tellement cher, si tu viens en autocar. Jill est tellement formidable maintenant... Elle parle, tu sais... Après tout, comme tu es sa grand-mère, je pensais que tu aimerais voir comment elle était et...

— Kate, est-ce que tu téléphones simplement pour critiquer ma façon d'agir ?

— Non.

— Comment va Sam ?

— Bien. Il n'est pas là en ce moment.

— Oh ?

— Il répète.

— Où ?

— Je ne sais pas... Il est parti d'ici.

— Tu vas encore divorcer, en somme ?

— Non, ça n'est pas... Il a simplement... C'est dur pour lui, avec mon genou et tout... Alors il... en plus, il n'a pas encore de travail.

— Tu veux dire qu'il n'a pas encore trouvé de travail ? C'est quand même incroyable !

— Maman, arrête, je t'en prie !

— Je trouve ça tout simplement scandaleux.

— Bon... Écoute, quand Pat rentrera, dis-lui que j'ai appelé, d'accord. Dis-lui qu'elle devrait venir me voir.

— Je ne sais pas, Kate... Pat est si jeune, je ne tiens pas à ce qu'elle s'attire des ennuis.

— Quel genre d'ennuis peut-elle bien s'attirer en jouant avec Jill et en m'aidant à faire le ménage ?

— Tu sais ce que je veux dire.

— Non, justement pas !

— Maintenant que tu as un enfant, je pense que tu devrais comprendre. Les mères s'inquiètent...

— Bon, bon... Eh bien, n'y pensons plus. Je suis ravie de t'avoir parlé, maman. J'avais oublié à quel point tu étais délicieuse. Au revoir.

Je suis secouée de frissons. Je me transforme en bloc de glace. Berk ! Pourquoi ai-je fait ça ? Pourquoi avoir appelé ? Pourquoi, grands dieux, suis-je allée lui dire que Sam était parti ? C'est étrange cette façon de retomber perpétuellement dans les mêmes erreurs, d'obtenir les mêmes réactions et de s'obstiner pourtant à espérer autre chose. Elle n'a pas à savoir que Sam est parti. Alors pourquoi le lui dire ? Pour qu'elle s'apitoie sur moi, peut-être, à l'idée que je suis toute seule ? Pour qu'elle m'envoie Pat ? Mais ça ne marche jamais avec elle. Elle pense que la fierté est la vertu la plus importante au monde... Pourquoi lui ai-je dit que Sam n'avait pas de boulot ? Parce que je veux être honnête avec elle, je crois bien, aussi indéfendable que cela puisse paraître. Si je mentais et lui racontais des histoires, cela semblerait prouver que tout ce qu'elle a dit de moi était vrai. Ce n'était pas parce que je craignais que Pat, si elle venait et constatait l'absence de Sam, ne la mette au courant en rentrant. Je veux que règne entre nous un climat de vérité et de confiance. Quelle connerie, comme dirait Sam. La confiance doit être fondée sur quelque chose, et ce quelque chose, précisément, nous ne l'avons pas.

Il est tard, très tard lorsque je m'endors. Je passe les bandes que j'ai enregistrées. C'est drôle d'écouter sa propre voix. Je ne reconnais pas la mienne. C'est pourtant ainsi que les autres doivent m'entendre. Je n'écoute pas très longtemps. Ma conversation avec maman m'a complètement démoralisée. Je veux dormir.

Brusquement j'entends des pas. Mon cœur se met à cogner dans ma poitrine. Pourvu que ce ne soit pas un cambrioleur. Nous n'avons rien à voler. S'ils savent qu'il y a quelqu'un à la maison, peut-être s'en iront-ils. Je demande donc d'une voix forte :

— Qui est-ce ?

— Bob Dylan, répond une voix.

C'est Sam !

Il entre dans la pièce, sa guitare sur le dos, portant dans les bras un chat tigré qui a une drôle d'allure. Il a un large sourire en voyant le magnétophone.

— Tu fais l'amour avec ta machine ?

— C'est pas mal, comme solution de rechange, dis-je en le regardant droit dans les yeux. Elle ne fiche pas le camp quand ça va mal. Elle ne discute pas. Elle ne se montre pas stupide, bornée...

— Eh bien, j'espère que vous vivrez heureuses ensemble. (Il me tend le chat.) Cet individu errait chez O'Brien... J'ai pensé que ça t'amuserait de l'avoir.

Il passe devant moi pour gagner la chambre à coucher.

Je commence à caresser le chat. Quel drôle de créature, avec son oreille droite en dentelle, rabattue sur le côté.

— Tu es venu chercher tes affaires ?

— Ouais.

— Drôle d'heure pour déménager, non ?

— Jill dort.

— Alors c'est plus facile ?

— Beaucoup plus facile.

Je le regarde sortir des vêtements du tiroir et les fourrer dans son sac.

— Ça t'arrangerait que je la boucle ? Ou bien est-ce que ça n'a aucune importance dans un sens comme dans l'autre ?

— Je suis immunisé contre toi.

Je reste plantée là, à l'observer. Je le vois comme si je le regardais par le petit bout d'un télescope, à des millions de kilomètres de là, minuscule. Étrange impression.

— Comment s'appelle le chat ?

— Gipsy.

— C'est symbolique ou quoi ?

— Descriptif.

— Il me plaît... Il a l'air de bien m'aimer.

— Ça ne m'étonnerait pas. Il est idiot.

Je ne peux pas m'empêcher de sourire. Il se donne tellement de mal pour ne pas dire un seul mot gentil.

— Tu me manques, toi et tes rosseries.

Sam se retourne. Au bout d'une seconde, il réplique :

— Tu me manques toi aussi... Toi et tes rêves de mort.

159

— C'est fini maintenant.

— Mais comment donc !

— Je t'assure.

Il a l'air déconcerté.

— Tu vas prendre tes médicaments ?

Je secoue la tête. Puis brusquement, je m'entends dire :

— Partons à la montagne, Sam, loin de tout ça, toi, moi et Jill. Ça serait tellement merveilleux...

— Ça serait pareil.

— Pas nécessairement.

— Et le cancer ? Qu'est-ce que tu comptes faire pour ça ?

— Vivre avec.

— Tu me demandes de te regarder mourir, bébé... Je ne peux pas.

— Mais non... Ne me regarde pas mourir... Reste simplement, pour le moment. Je t'en prie, Sam. Je t'en supplie... Si tu ne peux pas encaisser à la fin, tu partiras.

Lentement, il pose sa guitare et s'aproche de moi.

Je ne veux pas pleurer. Immobile, je le laisse me serrer contre lui.

— Les gens font les choses de différentes façons, je dis à voix très basse. Respecte la mienne, c'est tout. Comprends-la.

Il me caresse les cheveux.

— Tu m'as beaucoup manqué... Je pensais tout le temps à toi.

— Moi aussi, je pensais à toi... C'était tellement moche... J'ai téléphoné à maman ce soir.

Il se met à rire.

— Il fallait que tu sois vraiment désespérée.

— Je voulais que Pat vienne me voir. Elle a dit non.

— Ça ne m'étonne pas d'elle.

— Comment ça se passe, tes répétitions ? Ça va ?

Nous sommes étendus ensemble sur le lit.

— Ça va.

Mais il pense à autre chose. Il se rapproche de moi, bascule sur moi, ses lèves écrasent les miennes.

D'accord, j'ai manqué de fierté, maman, et ça a marché. Alors tu te trompes, tu vois ? Quelquefois, ça marche. Je n'ai pas assez de temps pour m'offrir d'être fière.

Automne temps de solitude
temps d'amour mort
sous des soleils oubliés.

Temps de faire retraite
en un monde étranger
pour trouver la réponse à toutes les questions
que fit naître l'été.

Temps des poèmes inachevés
temps des chansons interrompues
avant que l'hiver à jamais
les fige dans le gel.

J'ai trouvé la paix. Enfin. L'été est fini et l'automne est ma saison mentale, ma poésie. J'adore l'automne. Septembre et les feuilles qui jaunissent, qui tombent, qui tourbillonnent par terre. L'odeur du soleil, l'herbe qui va mourir, la lumière qui filtre à travers les branches. En automne, le soleil est dans sa position de paix. C'est le temps des gros pull-overs, du football, de l'intimité, de l'amour. Oh, j'adore tout ça.

Tout est bien depuis que Sam est revenu. Évidemment, il n'est pas toujours là, mais je ne le voudrais pas. Il faut qu'il ait sa musique. Je ne lui demanderais jamais de renoncer à ça juste pour être avec moi. De toute façon, j'ai mon magnétophone et ça fait une grosse différence. Il me semble parfois que je me donne trop de mal pour dire quelque chose d'important. Ou alors mon esprit se vide complètement. Je me sens mal à l'aise. J'ai du mal à exprimer tout ce que je ressens, en sachant que Sam un jour ou l'autre en prendra connaissance. Ce n'est pas que j'ai quoi que ce soit à lui cacher, mais c'est difficile de parler de ses souffrances et de ses réflexions les plus personnelles quand on sait que quelqu'un d'autre va écouter ce que vous aviez à dire.

J'ai néanmoins l'impression d'avoir trouvé une sorte d'équilibre, que ce soit grâce à mes enregistrements ou à la compréhension dont fait preuve Sam. Le cancer est une horrible maladie, c'est vrai, mais je crois qu'il en existe d'autres que je n'aimerais pas avoir non plus. Je n'aimerais pas avoir la sclérose en plaques ou bien, je ne sais pas, quelque chose qui me ferait perdre l'esprit tout en laissant mon corps intact. Je n'aimerais pas être retardée mentalement. Je ne voudrais pas être normale à tous les points de vue mais ne pas pouvoir communiquer avec les autres, je crois que ça serait pire que d'avoir un cancer. Avoir un cancer, ça fait mal. Il grandit, il vous dévore de plus en plus et vous savez que vous avez peu de chance de vous en tirer. Et il semble pourtant qu'il y a un tas d'autres maladies tout aussi épouvantables. Ce que j'essaie de dire, c'est que je m'en tire assez bien, quoique je sois en train de mourir. Il y a des façons bien pires de disparaître, je suppose. Je ne sais pas, je ne serai peut-être plus de cet avis vers la fin si je souffre vraiment trop et si je ne peux plus respirer. Même maintenant, je me fatigue très vite, je ne peux pas faire grand chose dans la maison. Alors je ne sais pas comment je réagirai si ça s'aggrave encore. Je n'aurai peut-être pas du tout ce point de vue. On est confronté à une foule de dilemmes quand on va mourir. On ne sait pas si on veut être enterré ou incinéré, embaumé ou pas, dans quels vêtements on veut être enseveli, ce que l'on veut sur sa pierre tombale. Qu'est-ce qui est le plus naturel ? C'est une décision que je dois prendre. Trouver du moins ce qui me paraît naturel à moi. Qu'est-ce qui me donnera le plus de chance de revenir sur cette terre si la réincarnation existe vraiment ? Je veux dire, on lit dans la Bible, « tu es poussière et tu redeviendras poussière »... Qu'est-ce que cela signifie ?

J'aime assez l'idée d'être incinérée pour que mes cendres soient répandues dans la montagne. Je vois Sam, droit et élancé, ses longs cheveux flottant sur ses épaules, tenant une très belle urne à la main, en train de jeter au vent mes cendres qui se disperseraient en un clin d'œil, qui disparaîtraient aussi vite que je suis venue au monde il y a si longtemps de ça.

C'est bien romantique, je le reconnais, et c'est le seul aspect de l'incinération qui me plaise. Je m'imagine en train de brûler, ma chair grésillant dans les flammes, se détachant de mes os. Non, finalement, je n'ai pas tellement envie d'être incinérée.

Il faudra donc que je sois enterrée. L'idée d'être enfermée dans une boîte et enfouie dans la terre me fait horreur. En revanche, la perspective d'avoir une pierre tombale avec une inscription dessus me plaît beaucoup. J'aimerais qu'on joue de la musique pour moi et qu'on m'apporte des fleurs à condition qu'elles ne viennent pas de chez le fleuriste ; c'est tellement macabre, une couronne. Je voudrais des fleurs des champs en simples bouquets, des reines-des-prés, des roses, des marguerites, qui symboliseraient non pas seulement la mort, mais un passage à autre chose, la liberté à laquelle j'aurais accédé.

Je veux être enterrée en short ou alors dans une des jupes que Sam m'a achetées, et une chemise confortable, rien de guindé et d'apprêté. Je veux un simple cercueil en bois, avec des poignées comme autrefois, un capitonnage à l'intérieur et un joli oreiller. Je ne veux pas de cercueil métallique, ça n'est pas nature. Comment peut-on retourner à la terre dans un cercueil qui ne pourrit pas ?

Ce que je veux comme musique, c'est *Country Roads*, de John Denver.

Aujourd'hui, j'ai essayé d'écrire un poème pour Jill, mais tout ce que j'ai pu trouver — le seul mot assez beau — c'était : Rayon de soleil.

C'est ce qu'elle est pour moi et rien d'autre ne peut exprimer ce que je ressens. Ainsi donc, tu n'auras pas de poème, Jill — mais beaucoup d'amour, beaucoup de tendresse, beaucoup d'élans vers toi.

Quand nous sommes à la montagne, j'arrive presque à oublier mon drame, mes amertumes, et à penser de façon constructive. Ensuite, nous rentrons et la vraie vie est là à nous attendre ; les visites à l'hôpital et tout le reste.

Cette fois, quand nous arrêtons la voiture devant chez nous, nous trouvons Weaver assis sur les marches.

— Où étais-tu ? demande-t-il à Sam. On a passé une audition. Enfin on a failli. Sauf que tu n'étais pas là.

Je jette un coup d'œil à Sam. Je ne savais pas qu'il avait une audition. Sinon, je ne lui aurais jamais suggéré de partir pour le week-end. C'était mon anniversaire, et c'est pour cette raison que je tenais à ce week-end en particulier. J'ai vingt ans maintenant, je ne suis plus une adolescente, mais une adulte, une femme. Mais quand même, mon anniversaire aurait pu attendre. Si ce que dit Weaver est vrai. Avec lui, on ne sait jamais.

Nous entrons et Sam porte dans la cuisine les provisions que nous avons achetées sur le chemin du retour.

— Il fallait qu'on parte à la montagne, dit Sam.

— Sans prévenir personne ? réplique Weaver. Enfin, quand même, tu savais qu'on devait auditionner, mec... Qu'est-ce qui te prend ?

— Laisse tomber, dit Sam.

Il ne veut pas dire, je suppose, que c'était mon anniversaire. De toute façon, Weaver ne trouverait pas que c'est une excuse suffisante. Je vais chercher une couche propre pour Jill. Comme je passe devant Weaver, il me demande :

— Alors, ce fameux cancer, Kate, comment ça va ?

Il me déteste à un point ! Vrai, je devrais me sentir honorée, je suppose. En fait, sa remarque me démoralise au dernier degré. Je savais qu'en rentrant à la maison, nous allions redescendre sur terre, mais je pensais que ce serait progressif et non pas que nous allions atterrir brutalement sur des rochers pointus. Je ne réponds même pas, je me dirige vers Jill.

— Écrase, je te dis ! s'exclame Sam, furieux.

Je ne peux pas m'empêcher de dire :

— Je me sentais beaucoup mieux avant de t'avoir vu, merci.

— Oh, c'est ça ! dit Weaver. Maintenant, il va falloir que tu te précipites à la montagne, pas vrai, pour récupérer après avoir vu ce salaud de Weaver... Ton bonhomme n'a pas besoin de travailler.

— Weaver, dit Sam.

Mais il poursuit du même ton sarcastique :

— Rien ne peut être plus important que mourir. Vous n'avez pas besoin d'argent, vous êtes « au-dessus de l'argent ». Vous n'avez pas de notes d'hôpital. De loyer. De gaz. Vous n'achetez pas de chaussures. Jill n'a jamais besoin de chaussures... C'est vraiment une chouette existence. Tant qu'on a des parents à taper.

Sam l'empoigne par le devant de sa chemise. Pendant un instant, je crois qu'il va le frapper et le souhaite presque. Mais il se détourne finalement. Il a l'air déprimé.

— Les gars qu'ils ont pris, poursuit Weaver, c'est à pleurer. Keith Wilder et Gordon Matthews. Sam, tu *sais* que nous sommes bien meilleurs qu'eux. Tu sais qu'on aurait été engagés si seulement tu avais été là. Si elle...

— C'est de ma faute, dit Sam. Laisse Kate en dehors de ça.

Je le regarde, mais il a les yeux fixés sur Weaver qui s'installe dans un fauteuil. Il a l'air d'une fouine, avec ses petits yeux et sa tignasse ébouriffée.

— Je me barre, annonce-t-il.

— Tant mieux, dis-je.

— Et la formation ? demande Sam, visiblement effondré.

— Il faut absolument que je gagne du fric.

— Sam se débrouillera beaucoup mieux comme soliste, dis-je.

— Il n'arrivera rigoureusement à rien, en soliste.

— Sam, tu as faim ? Tu veux une bière ?

— Oui, merci.

— J'en prendrais bien une aussi, dit Weaver.

Je vais chercher deux bières et les leur donne.

— Je ne vois pas pourquoi tu as besoin d'argent, dis-je. Tu manges notre nourriture et tu bois notre bière.

— Eh bien, vous avez démoli mon existence, dit Weaver. Il faut bien que je me rattrape d'une façon quelconque.

— Écoute, franchement ! On a démoli ton existence ? Comment ça ?

— Je suis venu jusqu'ici parce que je savais que Sam et moi, on pouvait monter une bonne formation... J'aurais pu rester à Denver et...

— Oh merde ! Tu as fait ce que tu voulais, Weaver ! Ne viens pas nous le reprocher.

— Pourquoi penses-tu que je ne réussirai pas comme soliste ? demande Sam d'un ton circonspect.

Comment Sam peut-il le prendre tellement au sérieux ? Ça me met dans une rage !

— Parce qu'il est jaloux, tout simplement. Il sait qu'il n'arrivera jamais à rien tout seul, parce que c'est un minable et il a peur que toi, tu réussisses.

— Moi aussi, je t'adore, bébé. (Il se tourne vers Sam.) Bon, je vais te dire pourquoi, puisqu'on est en pleine minute de vérité... Tu ne travailles plus jamais, même quand tu travailles, si tu vois ce que je veux dire. Ta tête ne participe pas. Et... tu ne travailles pas assez, tout simplement. Bon dieu, tu te rappelles, quand on a commencé, on grattait tous les soirs, jour après jour... La musique ne compte plus assez pour toi.

Un long silence s'ensuit.

— C'est idiot et c'est faux, dis-je.

— Non, c'est la vérité, déclare Sam d'une voix contenue. Qu'est-ce que tu vas faire, tout seul ? demande-t-il à Weaver, sans trace de colère dans la voix.

— Je vendais de la came, dit Weaver. Avant de vous rencontrer, toi et Givits. (Il tourne les yeux vers moi.) Dis donc, Kate, toi qui passes ton temps à l'hôpital, tu pourrais peut-être en piquer ? Qu'est-ce que tu en dis ?... Il me semble que tu me dois bien ça, ma vieille.

Sidérée, je me tourne vers Sam.

— Ça n'est pas très drôle, dit-il.

— Ça ne voulait pas l'être.

— Alors fous le camp.

— Qui ça ? Moi — ou elle ?

— Fous le camp avant que je te tue.

— Oh dis donc ! (Il lève sa boîte de bière.) Je veux boire à ce John Wayne première période à ma gauche.

Sam se lève, arrache la boîte de bière des mains de Weaver et la lance à toute volée à travers la pièce. Elle heurte le mur avant de tomber à terre, dégorgeant de la bière. Weaver se lève et annonce d'une voix moqueuse :

— Et ne reviens pas avant d'avoir présenté tes excuses à mon épouse.

— Exactement.

— Laisse tomber, mon pote, laisse tomber.

Il sort et claque la porte derrière lui.

— Dieu soit loué, dis-je. Je voudrais qu'il soit parti depuis des mois... Je voudrais qu'il ne soit jamais venu ici te relancer.

— C'est vraiment un sacré musicien, déclare lentement Sam.

— Et alors ? Je m'en fiche, moi ! Il est mauvais comme la gale, c'est un sale type !

Sam me prend par les épaules.

— Je suis désolé, Kate.

— S'il est tellement remarquable comme musicien, pourquoi a-t-il la trouille de se débrouiller sans toi ?

— On fait une très bonne équipe, tu sais... Écoute, franchement, je crois qu'il a raison. Tout seul, je n'arriverai à rien non plus.

— Eh bien, tu créeras une autre formation.

— D'accord, mais...

— D'ailleurs, qu'est-ce que tu en sais ? Tu peux très bien percer tout seul, si ça se trouve. Ça n'est pas parce qu'il prétend...

— Non, je ne peux pas, Kate... Je ne veux pas dire que je suis mauvais. Mais je ne donne pas à fond. Écoute, c'était chouette, ce qu'on faisait, à nous trois. Il a raison. Le boulot, on l'aurait eu. J'en suis sûr.

— Alors tu n'as qu'à t'en prendre à lui... parce qu'il te laisse choir maintenant. Ne t'en prends pas à moi.

Au bout d'une seconde, il réplique :

— Je ne m'en prends pas à toi.

— C'était mon anniversaire. C'est pour ça qu'on est partis... Pourquoi tu ne le lui as pas dit ?

Il hausse les épaules.

— D'ailleurs, on n'était pas obligés de partir... Pourquoi ne m'as-tu pas dit que tu devais auditionner ? J'aurais très bien compris.

Il a l'air malheureux.

— J'aurais dû, c'est vrai... Mais je me suis dit...

— Quoi ?

— Je ne sais pas.

— Sam, écoute, il faut qu'on soit honnête l'un envers l'autre. Sinon, c'est idiot, ça n'a aucun sens.

— Oui, tu as raison. (Il s'assied.) Je ne sais pas...

— Quoi ?

— Il a peut-être raison. Mon cœur n'y est plus. Il faut se donner à fond dans ce genre de truc.

— Eh bien, donne-toi à fond, si c'est ça que tu veux ! Ne reste pas ici à attendre que je meure pour pouvoir le faire ! C'est malsain ! Tu te rends compte de l'effet que ça me fait !

— Je ne peux pas, Kate...

— Bon, alors accepte cette idée.

— J'essaye... Et puis je me dis, si seulement ça n'était pas arrivé...

— Que je tombe malade ?

Il acquiesce d'un signe de tête, sans me regarder.

— Je sais !

— Je ne crois pas particulièrement en Dieu, dit-il, mais vraiment s'il existe, il devrait être écartelé, lapidé ! Comme sadique, on ne fait pas mieux.

— Il est peut-être comme Weaver, dis-je, en souriant. Je veux dire, il avait cette espèce de don pour des trucs comme la création du monde et de l'homme et tout ça... Mais il est complètement débile, il a la cervelle comme un petit pois pour tout le reste.

Sam sourit. Nous nous asseyons côte à côte. Je lui frotte la main.

— Tu es un très bon guitariste, dis-je.

— C'est vrai ?

— Oui.

Je voudrais en dire bien davantage, mais je n'y arrive pas.

— Où est Jill ?

— À côté... Elle dort.

Il lève les yeux.

— Combien de temps va-t-elle...

Il m'attire sur le lit.

— Assez longtemps.

Le soleil entre par la fenêtre. Un beau rayon de soleil...

Qu'est-ce que vous pensez de ce coup de théâtre ? Sam et Weaver sont de nouveau ensemble. C'est Givits qui les a « réconciliés », ce qui était vraiment gentil, en un sens. Il a dit qu'ils possédaient tellement d'atouts ensemble, que c'était dommage de tout envoyer promener maintenant, qu'ils devaient oublier leurs différends personnels. Il y a une sorte d'animosité, d'esprit de compétition entre Sam et Weaver, alors que Givits donne toujours l'impression d'être plus âgé, plus raisonnable. Tous deux l'écoutent. Je suis sûre qu'en fait, il n'est pas beaucoup plus vieux ; c'est plutôt son attitude en général. En tout cas, quoi qu'il en soit, ils sont de nouveau en train de répéter, d'auditionner.

J'en suis bien contente. Je ne voulais pas me sentir coupable parce que Sam renonçait à sa carrière pour moi. Comme dans ces films dégueulasses qu'on passe en fin de programme à la télé. Il a sacrifié sa carrière pour une femme. D'abord, cette simple idée me déplaît, et ensuite, la musique et Sam sont trop intimement liés pour être séparés. Et peut-être a-t-il raison. C'est un bon musicien, mais ses qualités sont peut-être moins évidentes en solo.

Ça me fait rire, en tout cas. Après cette grande « scène » ! Enfin, c'est comme ça, la vie. Elle vous réserve une foule de petites surprises.

Aujourd'hui, Sam est parti répéter et je suis étendue sur le lit, à rêvasser. J'aime bien ça quelquefois, j'aime me replonger dans le passé. Probablement parce que je ne peux guère songer à mon avenir. Je me rappelle le premier jour que Sam et moi avons passé ensemble, pas celui où nous nous sommes rencontrés, mais le lendemain, après que j'ai passé la nuit chez lui. Nous avons pris du café et des toasts, toujours aussi absorbés l'un par l'autre. Faire ensemble tant de gestes familiers, nous brosser les dents par exemple, semblait tout naturel. Il avait ce grand chapeau noir, volé probablement sur un plateau de théâtre, qui lui donnait un air si dramatique. Il m'a montré des tableaux qu'il avait peints, des aquarelles. Elles me plaisaient beaucoup. J'aimais bien son appartement qui était petit mais confortable, vivant. J'avais l'impression d'être chez moi. Il a joué de la guitare pour moi comme un fou, chantant avec enthousiasme les quelques chansons qu'il connaissait, ou alors fronçant les sourcils d'un air sombre comme si son interprétation devait en être améliorée. Il effleurait ensuite avec douceur les cordes pour jouer la musique qu'il avait composée dans sa tête, penché sur sa guitare comme sur un objet précieux. Il jouait avec une subtilité, une tendresse incomparables. C'est un merveilleux guitariste parce qu'il adore ce qu'il fait et qu'il joue avec son cœur. Il joue parfois quand il est triste et c'est tellement beau que j'ai envie de pleurer, mais je me retiens, car il est si sensible, si bon qu'il ne jouerait plus jamais ainsi si je me laissais aller à ma propre émotion.

J'aime ses yeux. Ils peuvent prendre un éclat si farouche, se charger d'une telle haine pour tout ce qui lui inspire de l'aversion et parfois s'arrondir avec une telle candeur, devenir si profond que j'ai l'impression de voir tout au fond de lui. Ils recèlent tant d'amour pour tout ce qu'il touche. J'aime l'entente qui existe entre nous. Nous avons eu des problèmes récemment, mais tout redevient comme avant. Nous aimons vivre ensemble, juste lui et moi et notre petite Jill et personne ne peut s'immiscer entre nous contre notre gré. Nous n'avons besoin de personne d'autre. J'aime Sam parce qu'il est si chaleureux, si humain, parce qu'il dit « Kate, je t'aime » et que je sais que c'est vrai. Jamais je ne le quitterai. Je l'aime. Je pense maintenant à l'injustice de ce qui nous arrive. Une larme me monte aux yeux et coule lentement sur ma joue. On ne peut pas vivre ou mourir sans amour.

Je me demande pourquoi je n'ai aucune nouvelle de l'hôpital. La semaine dernière, ils m'ont fait subir une nouvelle série d'examens pour voir où j'en étais. Je pensais qu'ils allaient me téléphoner pour me communiquer des résultats. Je suis inquiète. Je crains de savoir déjà. Je suppose d'ailleurs que ça ne change rien.

J'étais hantée par l'idée de mourir la nuit dernière. Quand je suis couchée dans mon lit, c'est difficile de penser à autre chose. C'est tellement injuste. Pour moi, pour Jill, pour Sam. Je n'arrive pas à comprendre. Je n'arrive pas à comprendre comment ma maladie peut s'inscrire dans le cours général des choses. Si seulement elle avait un but quelconque ! Mais elle n'a apporté que souffrance à moi et à ma famille. Pourquoi ?

Sam a raison, toutefois. J'ai encore beaucoup à vivre avant qu'il soit temps de mourir. Je ferais bien de m'y mettre. Les jours me sont comptés. Je devrais me faire une liste de tout ce que je veux faire avant de mourir. Il y a tant de choses !

Je veux finir mon livre pour Jill. Je veux un piano. Je veux apprendre à jouer de belles chansons. J'en ai toujours eu envie, mais n'en ai jamais eu l'occasion. Je veux finir la couverture en patchwork que j'ai commencée et des napperons, des taies d'oreiller et des draps à mettre dans un coffre en cèdre pour Jill. Je veux y ranger d'autres choses également. Je ne sais pas quoi exactement. Des petites choses dont elle aura besoin un jour. Beaucoup d'amour surtout.

Je veux que tout soit merveilleux entre Sam et moi. Je sais que le mieux serait que nous fassions l'amour comme avant, mais je ne peux pas, ça me fait trop mal. Il y a tant de choses que je voudrais lui donner, pour lui prouver mon amour, mon attachement. C'est absurde, mais je voudrais pouvoir lui donner une motocyclette. Mais plus que des objets, plus que des biens matériels, je veux me donner à lui toute entière. Si j'ai la moindre valeur, alors il me mérite, car il ne mérite que ce qu'il y a de mieux.

Il y a des tas de petites choses que j'ai envie de faire. Compléter ce livre. Tricoter un pull-over pour Sam. Laisser pousser mes cheveux. Je prie le ciel de m'accorder du temps.

L'hôpital. Les bâtiments familiers. J'y vais sans angoisse maintenant. On a été gentils avec moi et c'est très important. Au début, quand je suis allée à Riverdale et ai appris que j'avais un cancer, je n'éprouvais que de la peur et de la colère et, pire encore, de la haine pour toute la profession médicale qui ne pouvait rien pour m'aider. Mais depuis que je suis venue à Niles, j'ai profondément changé. J'ai tellement appris qu'en un sens, je me réjouis d'avoir eu, grâce à ma maladie, l'occasion d'ainsi m'enrichir. Grâce à leur sollicitude, leur gentillesse, j'en suis venue à considérer l'hôpital comme un havre de paix au milieu de la tourmente qui m'assaille. Quand je viens ici, je me sens en sécurité, protégée, au lieu d'être comme avant tenaillée par la peur.

Je suis si heureuse qu'ils aient enfin compris pourquoi je voulais arrêter tout traitement. Ils ont admis, je pense que pour certains, il valait mieux mourir en conservant la paix de l'esprit que d'être la proie d'un désespoir comme celui que m'inspirait mon état. Si une personne peut accepter les médicaments et les souffrances qu'ils provoquent, alors d'accord, qu'on leur donne ce qu'il y a de mieux. Mais pour ceux qui ne peuvent pas, il ne faut pas les forcer. Je suis heureuse qu'ils aient eu l'intelligence de le comprendre. Je leur en suis très reconnaissante et je les remercie du fond du cœur, le Dr Gillman en particulier. Cela m'a donné, je le sens, une grande force intérieure.

— Sam va venir me chercher plus tard, j'annonce au Dr Gillman. Il pense que son audition sera terminée vers dix heures moins le quart, mais...

Elle me regarde d'une drôle de façon.

— Est-ce qu'il a reçu les papiers pour l'adoption de Jill ?

— Non, il n'a même pas commencé les démarches... Pourquoi ?

— Cette fois, ça y est, Kate.

Je savais, bizarrement, que ça serait aujourd'hui. Je le savais en me réveillant, et pourtant, je me sens soudain complètement glacée et ma bouche se dessèche. Nous examinons ensemble les radios. La tache est là, dans un poumon.

— Ça me laisse combien de temps ?

— Pas beaucoup.

— Des semaines ? Des mois ? Des jours ?

— C'est difficile à dire.

Quand Sam vient me chercher, il a l'air si heureux que je ne dis rien. Il est sûr que ça a très bien marché cette fois, qu'ils auront sans doute un boulot.

— Touche du bois, bébé.

— D'accord.

Je suis effondrée à l'idée que je vais disparaître au moment où tout s'arrange pour lui. Pas seulement pour moi, mais parce que j'aurais tellement aimé participer à son bonheur.

Lorsque nous arrivons à la maison, Sam me borde dans mon lit, met la télé, et s'en va. Où va-t-il ? Voir Nora ? J'ai l'impression qu'il a couché avec elle, pendant l'époque où nous étions séparés peut-être. Simplement par des petites réflexions qu'il a faites. Non, je n'ai pas trouvé dans ses poches des mouchoirs tachés de rouge à lèvres. Enfin, elle savait que ça allait mal entre nous, je le lui ai dit moi-même... et il avait besoin de quelqu'un, de quelqu'un qui soit bien en vie. Je peux le comprendre. Pourtant, il y a des moments comme maintenant où je suis pleine d'amertume, quand il disparaît et me laisse seule. Je crois que je suis devenue répugnante à être ainsi assise dans mon lit. Tout ça me rend très malheureuse. Si je suis répugnante, si c'est gênant, ennuyeux d'être avec moi, alors, mon Dieu, je vous en prie, faites quelque chose pour que nos relations ne se détériorent pas, pour qu'il garde un bon souvenir de moi. Ni lui ni moi n'avons besoin de la souffrance que nous apporterait une mésentente entre nous.

Sam ne se rend pas compte de ce que je subis, je crois bien. Quand je suis déprimée, il croit que je m'attendris simplement sur moi-même. C'est le cas, d'ailleurs, mais peut-on me le reprocher ? J'ai vraiment beaucoup à perdre et ça n'est franchement pas facile. Mais il pourrait m'aider en se montrant plus compréhensif parfois. Je ne sais pas. Ça vient peut-être de moi. Je le trouve différent depuis quelque temps, peut-être parce que sa musique marche mieux et qu'il est de nouveau très absorbé par elle. Il me semble qu'il joue toujours un peu la comédie devant nos amis maintenant, qu'il essaye de se faire remarquer. Il a une attitude qu'il n'avait encore jamais eue. Il ne fait plus du tout attention à son apparence. J'aimais tellement le voir élégant, bien habillé. Et lui aussi aimait ça, mais maintenant, quelquefois, il me fait honte. C'est peut-être mesquin comme réaction, mais je trouve important qu'il soigne son aspect extérieur. C'est une question de considération pour l'autre, pour soi-même. Peut-être qu'il s'en fiche maintenant. Il aurait pu attendre que je sois morte pour devenir une cloche. Je l'aime pour ce qu'il est au-dedans de lui-même. Pas pour tous les trucs qu'il fait pour épater les autres. Ça me déconcerte. Je ne sais pas. Je crois que je l'aime malgré moi.

Jill passe le week-end chez les parents de Sam. Elle me manque tellement, cette petite peste. C'est elle qui m'a soutenue pendant toute ma maladie. Elle a été ma consolation, mon réconfort, et j'ai désespérément besoin d'elle. Je n'aurais pas dû la laisser partir. Mais enfin, ça soulage un peu Sam. Je suis pleine d'amertume, je crains bien. Je me sens amère quand je ne peux pas aller aux toilettes et que Sam doit m'apporter le bassin. Ou quand un horrible liquide sanguinolent me coule de la jambe. Je me sens si répugnante. Je suis amère quand je regarde des photos de Jill et me rends compte que bientôt je ne pourrai même plus les voir. Je ne pourrai plus être avec elle, la toucher, me souvenir d'elle. Oh, si au moins on pouvait se souvenir, même au-delà de la mort. Je me demande si on peut. J'en doute. La mort n'a aucune fierté. Qu'est-ce que ça veut dire, au fait ? Pour moi, cela veut dire que la mort n'a pas peur de venir et de vous emporter, qui que vous soyez, et cette idée me bouleverse. J'ai tant à donner, tant de choses à faire, tant de personnes différentes à devenir, — et je n'en aurai pas l'occasion.

Sam a un boulot ! Il est rentré tard la nuit dernière, tout excité. Je suis ravie moi aussi. Il va travailler chez *O'Brien,* la boîte où ils étaient tout le temps fourrés. Ils ont un public formidable, dit-il, des gens qui aiment la musique, qui achètent des disques. Dans six mois peut-être, ils sortiront un album. Il était si content, si heureux qu'il m'a communiqué sa joie et c'était une bonne chose. Depuis que j'avais appris la nouvelle à l'hôpital, j'étais vraiment abattue. Maintenant, mon moral est remonté. Jill est de retour et elle n'arrête pas de parler, de jacasser, joyeuse comme un pinson. Rien que de les voir ainsi tous les deux, je me sens heureuse. Sam est engagé pour jouer chez O'Brien deux soirs par semaine. Je suis fière de lui. Il attendait ça depuis si longtemps.

Quand la chance vous sourit de cette façon, on se prend à regretter un tas d'autres choses. Je regrette cette horrible scène avec Weaver, par exemple. Tout en continuant à penser qu'il s'est montré épouvantable. Maintenant, depuis qu'ils ont trouvé ce travail, il est vraiment plus gentil avec moi. Il essaye en tout cas.

Givits va peut-être se marier. Il est venu ici avec sa petite amie. Elle s'appelle Maria et je l'aime bien. Elle trouve qu'il n'a pas son pareil au monde.

— C'est lui qui nous a mariés, dis-je.

Enroulée dans ma couverture, je me sens bien au chaud, confortable. J'aime bien me rappeler le jour de notre mariage.

— Comment ça s'est passé ? demande-t-elle. Il s'en est bien tiré ?

— C'était merveilleux... mais un peu dingue. Ça se passait à l'hôpital.

— Ah oui ?

Elle a l'air gênée. Est-elle au courant de mon état ? Peut-être sait-elle simplement que je suis malade.

— On venait d'arriver ici, on n'avait pas du tout prévu de se marier, on pensait qu'on allait simplement vivre ensemble comme avant, et puis, mon divorce a été prononcé, alors...

Givits et Sam sont en train de discuter je ne sais quoi au sujet de leur musique.

— Ta fille est adorable, me dit Maria. Elle m'a donné ça.

Elle me montre une petite poupée.

— Oui, elle adore faire des cadeaux.

— Tu trouves pas ça formidable, l'idée qu'ils aient une première ?

— Si, tu penses ! Ça sera merveilleux. Mais je ne crois pas que j'irai. Je ne suis pas sûre de...

— Comment ça, tu ne viendras pas ? lance Sam. Bien sûr que si !

Je n'ai pas envie de discuter de ça devant les autres et je me contente donc de répondre :

— Bon, d'accord.

Après leur départ, Sam donne son bain à Jill. Je n'en ai plus la force maintenant. Ça me fatigue trop. De toute façon, je crois qu'elle adore qu'il s'occupe d'elle, qu'il la frictionne avec une serviette. Je la comprends très bien. J'étais comme ça avec mon père.

J'ai essayé d'écrire à mes parents il y a quelques jours, mais je me demande... Est-ce vraiment la peine ? J'avais sans doute envie de dire tout ce que je ressentais, de parler en particulier du malentendu qui nous sépare depuis quelques années. Mais je n'ai pas su trouver le ton. J'avais plutôt l'impression de plaider ma cause, ce qui n'était pas mon but. Mais brusquement le téléphone sonne. C'est maman. Je sens bien à sa voix qu'elle s'est crue obligée d'appeler. C'est le sens du devoir qui l'a motivée, et non pas l'amour maternel.

— Alors Sam est revenu ? dit-elle. Tu disais...

— Oui, il... il a même du travail !

— Quel genre de travail ?

— Il joue de la guitare... C'est son métier, tu sais.

Oh, il ne faut pas que je m'emporte contre elle ! Mais pourquoi prend-elle ce ton, ce ton d'agent du F.B.I. ?

— Il est payé ?

— Évidemment, il est payé, maman... Il appartient au syndicat. Ils sont obligés de le payer. C'est un emploi régulier.

J'entends dans la salle de bains Jill qui gigote dans la baignoire et Sam qui joue avec elle.

— Combien gagne-t-il ?

— Un très bon salaire... Maman, écoute...

Heureusement, au moment où je vais me fiche en rogne, Sam arrive et me prend l'appareil des mains.

— Salut, belle-maman ! Ici King Kong et je vais vous dire combien je gagne. Je gagne quatre milles dollars par semaine et on va acheter une maison fantastique avec six piscines et une salle de bains en or massif et si vous êtes vraiment sage, peut-être, peut-être vous serez invitée. D'accord ?

Et il raccroche.

Je ris à gorge déployée, par réaction nerveuse surtout, mais je ne peux plus m'arrêter. Pliée en deux, je me tiens les côtes.

— Elle est vraiment chouette, ta mère, tu sais, me dit-il en retournant auprès de Jill.

— Tu n'aurais pas dû, Sam.

— Pas dû ! Tu veux dire que je suis bien trop poli et bien élevé pour dire à une dame tout ce que j'aurais dû lui dire ?

— Mais enfin, pourquoi est-elle comme ça ?

— Ma chérie, tu sais très bien pourquoi.

— Enfin, je veux dire, elle a eu une vie pénible, mais pas pire que la moyenne des gens.

Je pense tout à coup à la mère de Sam. Dieu sait que je ne me suis pas privée d'émettre à son sujet des commentaires acerbes. Mais au moins, elle aime Sam. On peut avoir d'elle l'opinion qu'on veut, penser qu'elle a l'esprit étroit, qu'elle est mesquine, qu'elle manque de jugement dans son échelle des valeurs, mais elle l'aime sans réserve, même quand elle ne comprend pas ce qu'il fait — et elle comprend rarement. Quoi qu'il arrive, il existe chez elle cet amour immuable qu'elle porte à son fils.

Jill sort de la baignoire en poussant des cris aigus.

— Mets ta chemise de nuit, bébé, dit Sam en courant derrière elle.

— Je veux pas ! crie Jill en sautant sur le lit. Je veux me coucher avec maman !

— Tu dois avoir froid sans rien sur le dos, mon chou.

Mais elle s'est déjà glissée sous les couvertures, le drap relevé jusqu'au menton et elle nous observe d'un regard malicieux. Je jette un coup d'œil sous le drap.

— Moi, je vois un nombril là-dessous !

Elle se tortille pour se rapprocher de moi et retrousse ma chemise.

— Je vois le nombril de maman.

Elle remonte jusqu'à mes seins, ce qu'il en reste du moins depuis que j'ai tellement maigri, et les tâte pour s'amuser.

— Un jour, Jill aura des seins elle aussi, lui dis-je.

— J'en veux pas... dit-elle. Ils pendent.

— Pas forcément.

— Je veux pas en avoir, déclare-t-elle.

— D'accord, ma chérie.

— Dites donc, mesdames, appelle Sam depuis la cuisine. Vous vous levez pour dîner ?... Ou bien je dois vous servir au lit ?

— Au lit ! crie Jill, tout excitée.

— Non, on va se lever, dis-je.

Je ne supporte pas l'idée d'être à ce point invalide. Je peux quand même arriver jusqu'à la table.

— Je réchauffe le poulet ?

— D'accord.

Je déteste voir Sam tout faire maintenant, la cuisine, le ménage. Il s'en tire très bien, et il ne se plaint jamais, mais quand même, j'ai des scrupules. C'est peut-être démodé, mais j'aimais bien faire la cuisine, m'occuper de la maison. Ça me manque beaucoup.

Il faut vraiment que la mère de Sam se mêle de tout, bon sang ! Elle est allée trouver M. Georges pour qu'il s'occupe des papiers pour l'adoption de Jill. Je me demande bien ce que Sam ferait sans elle ! Mais enfin, bon dieu, si elle ne lui fiche pas un peu la paix, il ne pourra jamais se débrouiller par lui-même. Elle s'efforce probablement de se rendre utile, je sais, mais elle est franchement pénible. Elle est tellement sûre qu'elle va avoir Jill ! Je parie… Enfin, je ne dirai rien, bien sûr, mais je parie que mes souhaits ne seront pas exaucés quand je serai morte. Elle a finalement tout raconté au père de Sam et essayé de lui faire croire que c'était de ma faute si nous ne lui avions rien dit avant. Je me rappelle fort bien avoir demandé à Sam aussi bien qu'à elle de le mettre au courant, mais non, il a fallu qu'ils fassent à leur façon. Je ne sais comment ils comptent s'y prendre quand Jill sera en âge de savoir la vérité.

Sam sent très bien que tout ça m'irrite.

— Écoute, mon chou, je n'ai pas le temps, tout simplement. Notre spectacle débute dans un jour ou deux.

— Je sais.

— C'est moi qui élèverai Jill. Les papiers sont à mon nom.

— Tu seras trop occupé. Avec ton travail et tout…

— Je m'arrangerai.

J'ai tellement envie de le croire que je le crois. Ce qui arrivera arrivera. Ce que je peux dire n'a pas grande importance, je suppose. Et ce qui compte, bien sûr, c'est que Jill soit heureuse. Dans l'absolu, j'aimerais qu'elle soit élevée par quelqu'un qui ait de la vie la même conception que moi. Je suis sûre qu'il existe des gens comme moi dans le monde, je ne suis pas un monstre, mais en fait, je ne vois personne à qui la confier. Alors le mieux que je puisse espérer, c'est que la façon dont elle sera élevée lui permette d'être heureuse. Après tout, je ne suis pas du tout d'accord avec l'éducation que m'ont donnée mes parents, et pourtant, j'ai été très heureuse étant enfant et encore plus une fois adulte. C'est idiot de ma part de tellement me tourmenter pour l'avenir de Jill. Les enfants sont forts. Et je ne sais pourquoi, je sens qu'elle se souviendra de moi, même inconsciemment. Ce qui aura existé entre vous sera toujours là et elle pourra y revenir en pensée.

Cette attente de la mort devient vraiment pénible. Je suis restée assise dans mon lit toute la journée parce que ma poitrine me fait tellement mal que je n'ose pas bouger. Je viens de me lever maintenant pou la première fois pour aller au cabinet et ma jambe s'est mise à saigner abondamment. J'ai eu tellement peur. Je ne sais pas quoi faire, tout ça est terrifiant.

Les gouttes de pluie coulent le long de ma fenêtre comme des diamants en fusion. Les phares des voitures trouent la nuit et les pneus composent une sorte de mélodie en éclaboussant d'eau le bord des trottoirs.

Ma poitrine me fait tellement souffrir. Je passe maintenant mes journées assise dans le fauteuil de Sam ou au lit, accotée à des oreillers, essayant de respirer, luttant parfois pour y parvenir. La télé me tient constamment compagnie. Je regarde toutes les reprises de vieux films, les éditions spéciales, les feuilletons sentimentaux, et ceux-ci me font rire, car ma vie s'intercalerait si bien dans ce genre de programmes.

Je n'ai pas écrit de poèmes depuis quelque temps, je n'en ai pas eu envie. Il faut que je mette de l'ordre dans mes pensées. Je suis assaillie par des peurs multiples, par une foule d'idées, et je suis furieuse contre moi-même d'être malade. En voici un, composé il y a quelques semaines, et que j'ai légèrement remanié :

Je ne peux t'imaginer
dans les bras d'une autre
qui de ses doigts
lisse à ton front les rides.

Malgré moi je pleure
en songeant qu'une autre
à la fin du jour
puisse t'apaiser.

Ce n'était qu'hier
que tu m'as ouvert ton lit
et m'as, comme une pluie douce,
imprégnée de toi.

Je n'accepte pas que vienne la fin,
pourtant, mon amour,
il viendra peut-être des temps meilleurs
avec les journées raccourcies,
avec l'hiver de ma vie
puis avec le printemps la liberté.

Je me suis penchée sur ma vie
qui m'a tant apporté,
au bonheur d'être là simplement.
Que de temps passé depuis ce matin
Oui, pour moi, mon amour
ce n'était qu'hier.

Je joue avec ma chatte, Gipsy. Ah, c'est une vraie sauvage. Elle s'agrippe à moi avec ses pattes et sa gueule, elle est si joueuse. Mais jamais elle ne griffe ou ne mord, car elle est loyale. Elle dort avec moi la nuit, elle reste couchée auprès de moi toute la journée, elle ne me quitte que pour manger ou aller faire un tour au-dehors. Je crois qu'elle me prend pour sa mère.

Sam arrive, m'embrasse. Un baiser un peu machinal, mais peut-être suis-je devenue hypersensible.

— Tu ne m'embrasses pas comme d'habitude, dis-je, à moitié pour moi-même.

Il sourit.

— Je suis complètement bourré, figure-toi... Dans six heures exactement, on entre en piste !

— Je sais... J'aurais bien aimé être là.

— Tu y seras.

— Jill est à peine guérie de son rhume. Je ne...

— Tu la laisseras ici... Nora a dit qu'elle s'en occuperait... Je veux que tu sois avec moi.

Je l'observe, déconcertée. Je flaire quelque chose d'étrange, de pas tout à fait franc. Dois-je insister pour savoir ?

— Qu'est-ce qui se passe, Sam ?

Il a l'air blessé, pris au piège.

— Je veux simplement que tu sois là. Qu'est-ce que ça a de bizarre ?

Je ne peux pas répondre. Je ne connais pas la réponse.

— Kate ? Qu'est-ce que ça a de bizarre ? Dis-le moi !

Finalement, je le regarde droit dans les yeux. Je ne supporte pas le moindre faux-fuyant entre nous. Ça m'angoisse.

— Tu as une histoire avec une fille ?

— Il faut vraiment que tu sois le seul et unique centre d'intérêt, pas vrai ?

— Tu ne réponds pas à la question.

— Papa ! appelle Jill depuis la cuisine.

— Eh bien, la réponse, c'est non, de toute évidence, répond Sam, toujours mal à l'aise, sans vraiment me regarder. Un non catégorique !

— Dis-le moi bien en face !

— Papa !

Il va rejoindre Jill, content de m'échapper. Je ne veux pas que tu te sentes coupable, Sam. Ça n'a pas d'importance. Comment le lui dire de façon plausible, convaincante ? Je crie vers la cuisine :

— Sam... ça ne fait rien.

Je pousse un soupir. Si je l'accompagne ce soir, je ferais bien de prendre un calmant avant de me mettre en route. L'idée de rester assise si longtemps, dans tout ce bruit... Pourvu que je ne m'évanouisse pas ! Ce serait le bouquet. J'ai envie d'y aller, bien sûr, mais j'ai aussi peur que Sam ait son plaisir gâché à me voir si pâle, si émaciée.

Nous laissons Jill chez Nora. Jill a sommeil et elle nous laisse partir sans protester. Heureusement. Je n'ai pas la force de discuter avec elle ce soir. Arrivés chez O'Brien, nous passons par la porte de derrière. Weaver et Givits sont déjà là, en train d'accorder nerveusement leurs instruments.

— Eh ben, alléluia ! s'exclame Weaver en nous voyant.

— Te voilà quand même ! dit Givits.

— On est en retard, reprend Weaver. On devait passer il y a cinq minutes.

— Du calme, les gars, d'accord ? dit Sam.

Il pose sa guitare et m'entraîne dans la salle.

J'ai l'impression que la pièce se rue sur moi, me saute au visage... le bruit, les couleurs, la fumée... Je ne me suis pas trouvée parmi d'autres gens depuis si longtemps, à part mes visites à l'hôpital. J'ai la tête qui tourne un peu, mais je me sens tout excitée. Les gens sont si beaux ! Il me semble n'en avoir jamais vu autant à la fois ! Et leur façon de s'habiller, leurs tenues un peu dingues, bariolées ! Je me sens si différente des autres, comme une vieille dame, emmitouflée dans mon châle. Sam m'installe à une petite table tout près du podium. En un sens je préférerais être au fond, hors de vue, mais il tient à me voir. Bon, d'accord.

— Si tu veux une autre bière, tu leur dis, me recommande-t-il.

Il est très nerveux, je m'en rends bien compte.

Moi je suis très calme. Je sais qu'ils joueront bien. Ce n'est pas là un jugement bien objectif, je sais, mais une fois qu'ils seront sur scène, leur nervosité se dissipera, j'en suis sûre. Je les observe néanmoins avec une certaine anxiété, juste avant qu'ils ne commencent. Il règne un tel vacarme. Tout le monde autour de moi est en train de parler, de rire, comme si les trois musiciens étaient invisibles. Ils s'installent, branchent la sono.

— Mesdames et messieurs ! hurle Sam pour couvrir les voix. Dites donc, bande d'ivrognes et de hippies, vous voulez bien m'accorder votre attention, *Por favor ?*... Hé !

La salle finit par se calmer petit à petit et ils commencent. C'est merveilleux. Sam me regarde, puis détourne les yeux. Je suis heureuse d'être venue. J'ai mal, mais le cachet que j'ai pris me permet de m'abstraire de ma souffrance, comme si elle m'était extérieure. À un moment, je me mets à tousser à cause de la fumée et suis un moment paniquée, ayant du mal à respirer, mais ça passe. Doucement, Kate. La musique, telle une immense et somptueuse tapisserie, tisse une trame délicate à travers la fumée, la douleur, le visage des gens. Sam chante *My sweet Lady*. C'est pour moi qu'il chante. Je suis comme ivre, éblouie, je flotte au-dessus de tout… Oh, Sam. Je t'aime.

— Fatiguée ? demande Sam.

Il est vraiment tard, près de deux heures du matin. Sam déborde d'allégresse. Tout a si bien marché. Quant à moi, je me sens vidée, comme si je venais d'effectuer un plongeon terrifiant dans un toboggan en folie, me cramponnant aux bords pour ne pas tomber.

— C'est incroyable, non ? dis-je. J'ai cru d'abord qu'ils n'écouteraient jamais... Et ensuite qu'ils n'applaudiraient jamais !

— C'était formidable.

Il me porte dans la maison. Je noue mes bras autour de son cou. Je suis devenue si légère...

Sam me pose avec douceur sur le lit. Je me laisse aller en arrière, épuisée.

— Tu veux que j'aille chercher Jill ou bien on la laisse en bas jusqu'à demain ?

Autrefois, on l'aurait laissée pour être plus tranquilles tous les deux, pour pouvoir faire l'amour dans la matinée si on avait envie.

— Quelle heure est-il ?

— Deux heures et demie.

— On ira la chercher demain matin, dis-je.

La maison est tellement silencieuse après tout ce bruit assourdissant que ç'en est presque irréel.

— Comment ça s'est passé pour toi ? demande Sam. Tu ne te sentais pas trop mal ?

Je secoue la tête.

— À un moment, il y avait tellement de fumée, j'ai... Mais après, ça allait.

Il fourrage dans la cuisine.

— Tu veux quelque chose ? Du lait ?

Sam me préparait des trucs formidables quand j'avais mal au ventre au moment de mes règles, du lait chaud avec de la cannelle et du sucre. Je n'ai pas bien faim, mais je réponds :

— Oh oui... Quelle bonne idée.

Pendant qu'il fait chauffer le lait, je jette, depuis mon lit, un regard circulaire sur la pièce.

— Sam, tu as déplacé le magnétophone ?

— Quoi ? crie-t-il.

— Tu l'as rangé, tu l'as mis ailleurs ? Il n'est plus là. Je le gardais à côté de mon lit.

Il entre dans la chambre.

— Je n'y ai pas touché. (Lentement, il pivote sur place.) La porte... je la ferme toujours à clef. Elle était ouverte quand on est rentrés.

— Oh seigneur !

— Je me demande ce qu'ils ont pris d'autre.

Il commence à chercher autour de lui. La télé a disparu, ainsi que la radio.

— Tu te rappelles, madame Machin Chouette a dit que quelqu'un s'était introduit chez elle il y a quinze jours.

— Sam, le magnétophone ! Qu'est-ce que je vais faire ?

— Ce n'est pas de ta faute. Le Dr Gillman comprendra.

— Oui, mais je... je n'avais pas fini... J'ai encore tant à faire.... Est-ce qu'ils ont pris les bandes ? Va voir. Elles sont dans le tiroir, là-bas.

— Elles sont toujours là.

— Dieu soit loué, ils ne les ont pas prises.

Il secoue la tête.

— Ça leur fait un joli paquet pour un si petit appartement, je suppose.

— Qu'est-ce qu'ils peuvent bien vouloir faire du magnétophone ?

— Le vendre, je pense. (Il s'assied à côté de moi.) Kate, je suis désolé... Le Dr Gillman peut sans doute t'en procurer un autre, en emprunter un...

— Elle me l'avait confié... Si je n'étais pas sortie...

— Heureusement que tu es sortie ! Tu t'imagines seule ici avec Jill ?

— Oui, tu as raison, sans doute.

— On va l'appeler dès demain matin... Je suis sûr qu'elle peut t'en prêter un autre.

— Je suppose que ça n'a pas tellement d'importance... J'ai toujours l'impression que j'ai encore beaucoup à dire... Mais c'est toujours comme ça, je suppose.

Je bois une gorgée de lait dont la tiédeur me réconforte.

— Tu vas acheter une motocyclette maintenant ? je demande. Maintenant que nous sommes riches...

Il sourit.

— Oui, ça me dirait assez.

— Mais tu seras prudent, hein ? Je veux dire, tu n'iras pas trop vite ?

— Mais non, voyons.

Je soupire et m'accote à mes oreillers.

— Tu veux un autre cachet ? demande Sam.

— Oui, il vaudrait mieux, je crois.

Nous nous étendons l'un contre l'autre. Il me tient contre lui, me caresse... le peu qui reste de moi. Les mots sont inutiles.

Sam s'endort et je reste éveillée dans le noir. Ma poitrine me fait mal, malgré tous les calmants. Immobile, je regarde les lumières des phares au-dehors défiler dans la pièce. Je sens la mort rôder en ce moment même. J'en suis si proche la nuit.

La mort peut venir. Elle peut me toucher maintenant et je ne lutterai pas. Mais je la défie de venir à un moment où je ne suis pas prête. J'ai trop à faire. Tout mon corps est engourdi par les calmants. Je suis bien au chaud, je me sens en sécurité. Avant d'avoir pris mon dernier cachet, j'étais au bord de l'hystérie à cause du cambriolage. Il est en train de m'arriver quelque chose. Suis-je tout près de la mort ? Je ne sais pas, mais je crains bien que oui. Je me sens merveilleusement bien, pourtant. Bien que je n'aie pas encore terminé mon livre, je sais que j'ai touché les gens au moins.

Mais pas suffisamment. Je dois travailler dur. Je dois me donner tout entière à Jill, à Sam et à mon livre. Je suis heureuse et je suis triste, je suis un être humain et en train de mourir, je suis un tas de choses, mais surtout je suis Kate, l'épouse et l'amante de Sam, la mère et l'amie de Jill, également...

Le vol du magnétophone a été monté en épingle par le journal local. Des reporters sont venus m'interviewer pour la télé. C'était grotesque, fatigant. Assise dans mon lit, bien calée par des oreillers, j'ai dû répondre à leurs questions. Ensuite pour finir, ils m'ont donné un magnétophone tout neuf et une douzaine de bandes. Je suis donc devenue une célébrité. C'est insensé. Bizarrement, le ridicule de toute l'affaire m'a moins gênée que je ne craignais. Le temps m'est compté, je ne peux pas m'offrir le luxe d'être aussi sensible, aussi nuancée dans mes sentiments. Je savais tout au fond de moi qu'ils se servaient de moi, en un sens, mais qu'importe ? Il m'a semblé aussi que les gens étaient sincèrement touchés, que leur sympathie était authentique. Pour eux, je suis peut-être comme une personne qu'ils ont connue et qu'ils n'ont pas pleurée. Alors maintenant, ils m'écrivent, ils m'envoient des cadeaux. J'en reçois du pays tout entier. Et même quelques-unes de l'étranger.

Qu'est-ce qu'ils envoient ? Oh, tout ce qu'on peut imaginer, n'importe quoi — des Bibles, des lettres de sympathie, des remèdes miracles, des conseils. Je suppose qu'on peut déceler le meilleur et le pire chez les gens d'après ce qu'ils envoient, la pure dinguerie ou alors l'extrême gentillesse. Au début, j'étais vraiment touchée et je me suis dit que j'allais répondre à toutes les lettres. Je pensais alors en recevoir une douzaine au plus. Mais maintenant, au bout d'une semaine, j'en reçois beaucoup trop pour y répondre. Nora et Sam les parcourent et ne me montrent que les

« meilleures ». Certains envoient des fleurs. C'est quand même un peu tôt, bonnes gens ! Mais ils sont pleins de bonnes intentions, je sais.

Étendue sur mon lit, j'entends Nora qui répond au téléphone.

— Non, c'est une amie. Puis-je vous renseigner ?... Eh bien, elle ne peut pas venir au téléphone en ce moment, est-ce que je peux lui transmettre un message ?

Sam m'a interdit de répondre au téléphone. Il a raison. Je dois économiser mes forces. J'ai encore des enregistrements à faire et l'important, c'est de les terminer. Il entre, secoue la tête.

— Eh bien, aujourd'hui, c'est l'Allemagne de l'Est qui a un remède miracle.

— Qu'est-ce que c'est ?

— Une concoction qu'on prépare au mixer — huile de soja, jus papaye et betterave.

— Berk !

Nora entre sur ses talons.

— Dites donc, écoutez un peu ça, annonce-t-elle et elle se met à lire :« Dieu ne fait rien sans raison, Madame Hayden, scrutez votre âme, trouvez le péché dont vous vous êtes rendue coupable, car vous avez certainement commis un terrible péché pour avoir amené un aussi terrible châtiment sur vous et ceux que vous aimez... »

Sam lui arrache la lettre des mains et la déchire en petits morceaux.

— On devrait cuire ces gens-là dans l'huile bouillante.

— Voyons, voyons, un peu de charité ! dit Nora, moqueuse.

— Je hais ce genre de salopards, dit Sam. Ce sont les pires de tous... Les tordus de la religion... Je préfère encore les fanas de la diététique !

Je comprends ce qu'il veut dire. Ils me font voir rouge, moi aussi. Ils posent de ces questions ! Est-ce que j'ai jamais essayé la Christian Science, ai-je été sauvée par le Christ, me suis-je déjà nourrie exclusivement de lait et d'eau de source ? Leur arrive-t-il quelquefois de réfléchir ? D'abord pour commencer, pourquoi suis-je affligée de cette maladie ? Pourquoi les médecins me soignent-ils ? Si ce monde est vraiment l'œuvre de Dieu, alors nous sommes tous les enfants de Dieu et nous travaillons tous pour en faire un endroit où nous pourrions vivre en paix, heureux et pleins de santé. Vous n'êtes pas obligé d'aller à l'église à moins de ne pas trouver d'autre solution, et vous n'avez pas besoin d'être sauvé ou même de réciter des prières à moins d'avoir besoin de ce soutien pour arriver au bout de votre journée. L'essentiel, c'est de savoir ce que vous voulez et où vous allez, et surtout, je vous en prie, ne venez pas me trouver avec le Christ au cœur tout en soutenant la guerre ou en passant votre temps à l'église au lieu d'aller dans les ghettos aider les autres enfants de Dieu dans le besoin, et au lieu de faire aux gosses l'école du dimanche, de leur raconter que Dieu nous aime, apprenez-leur plutôt à s'aimer entre eux avant de s'aimer eux-mêmes. Apprenez-leur ce que c'est que l'amour, la tendresse, le respect, la compréhension. Voilà ce qui pourra peut-être rendre le monde un peu plus vivable. Je me fiche de savoir combien de fois vous êtes sauvés. Sous prétexte que vous vous figurez que Dieu va vous pardonner, ça ne vous autorise pas pour autant à pécher. Tout ce que vous faites est examiné à la loupe et sera étalé au grand jour pour finir. Croyez-moi, Il est là et si nous ne nous employons pas à nous aimer les uns les autres, Il nous refusera, Lui, son amour, et nous serons dans un fichu pétrin.

Fin du sermon... Que voulez-vous, étendue là toute la journée, j'ai tendance à dérailler de temps en temps. Mais si ces gens avaient vraiment l'amour au cœur, ça me serait égal qu'ils me fassent des sermons. En fait, la plupart d'entre eux semblent avoir l'esprit tordu, hanté par l'enfer et la damnation. Je sais ce qu'ils veulent dire dans la mesure où, plus que quiconque, je m'insurge contre le sort aveugle qui me frappe, contre le côté « sans raison » de la chose. Mais je préfère ça plutôt que d'inventer des raisons, surtout quand on trouve comme explication que la maladie est le châtiment des péchés qu'on a commis. Ces gens auraient-ils toujours cette opinion s'ils avaient vu à l'hôpital tous ces petits enfants en train de mourir ?

Jill arrive en trottinant, une Bible à la main et la pose avec les autres, au sommet de la pile. Nous en avons déjà toute une collection.

— Tu veux déjeuner, Kate ?

— Oh, merci... Plus tard peut-être.

Nora est si gentille. J'aimerais parfois qu'elle s'en aille et nous laisse seuls, mais elle se montre vraiment très serviable, s'occupe de Jill et de la maison. Cette semaine, elle a emmené Jill au parc deux fois pour que nous puissions être seuls, Sam et moi.

Je suis tellement contente que Sam ait ce boulot, qu'il soit obligé de répéter, d'aller travailler à heures fixes. Le pire serait qu'il soit assis là toute la journée, à me tenir la main, à « attendre ». Ça ne m'ennuie même pas d'être seule, quand ils sont tous sortis. J'ai pris l'habitude d'être seule, une partie de la journée du moins, et ça me manquerait de ne plus l'être. Assise devant mon magnétophone, bien enveloppée dans une couverture, je parle dans le micro. Gipsy somnole, roulée en boule, et semble m'écouter vaguement. Je suis habituée maintenant à entendre ma voix différente de ce que je croyais. Maintenant, tout engourdie, j'appuie sur le bouton et j'écoute :

Jill,

J'ai décidé d'écrire un livre pour toi avant de mourir. Et je me rends compte seulement maintenant que c'est précisément ce que je suis en train de faire.

J'essaye d'y raconter les choses importantes qui me sont arrivées et que tu auras envie de connaître plus tard. Ma chérie, je voudrais tellement être avec toi quand tu seras assez grande pour lire ça. Je me demande comment tu seras. J'espère que papa pourra t'apprendre tout ce que nous avions décidé ensemble de t'apprendre. Quand tu liras ceci, tu auras environ quatorze ou quinze ans. Je me demande comment tu seras alors.

Si jamais tu éprouves le besoin de parler à quelqu'un, ma chérie, n'aies pas peur de te tourner vers ce livre. Je sais que je ne peux pas être d'un grand secours avec tous les mots que j'aurais écrits, mais je t'en prie, si quelque chose ne va pas, si tu es malheureuse, sache que j'aurais pris tes problèmes très à cœur, que j'aurais fait de mon mieux pour comprendre, et puise dans cette idée un certain réconfort. Cela atténuera peut-être un peu ton chagrin. Je t'aime tellement, bébé. Que cet amour te donne du courage dans la vie. Il y a tant de choses que j'ai toujours eu envie de dire à ma fille. La plus importante peut-être, c'est que, quoi qu'il arrive, fais toujours ce que tu estimes être le mieux pour toi. Non pas par égoïsme, comme par exemple de vouloir rentrer tard le soir alors que tu as besoin de repos. Mais par amour pour toi-même. Traite ton corps et ton esprit avec considération et à leur tour, ils te donneront santé et beauté.

Si tu veux coucher avec un garçon avant d'être mariée, rappelle-toi, je t'en prie, que le sexe est une fonction dont les humains ont besoin pour survivre, mais que l'amour est une émotion qui peut t'apporter de profondes souffrances ou te donner un bonheur que tu n'oublieras jamais. Ne couche pas avec un homme uniquement pour le sexe. Il faut au moins éprouver pour lui une sorte d'affection, donner pour recevoir en échange. C'est très important, Jill, si tu ne veux pas te laisser détruire par ce genre de relations. Et pour l'amour du ciel, arrange-toi pour ne pas être enceinte. Parles-en avec ton père. Si tu sais exactement où tu en es, quand le moment viendra, il le sentira dans la façon dont tu lui demanderas et il comprendra. Mais rappelle-toi que c'est un être très sensible. Ne lui fais pas de mal.

Eh bien vrai, voilà une belle conférence et des conseils pertinents ! J'espère que je ne fais pas trop vieille radoteuse. C'est ça l'ennui, avec cette façon de communiquer. J'ai tendance à faire des discours. En fait, je ne m'exprime pas du tout comme ça ! Mais je crois fermement à ce que je viens de dire, et je sais ce qui est bien et normal.

La nuit dernière, j'ai rêvé que j'étais dans un avion, où se trouvaient également Jill et Sam. Elle était beaucoup plus âgée, adolescente peut-être, mais lui n'avait pas changé. Ils parlaient ensemble, mais je ne pouvais pas entendre ce qu'ils disaient. Je me penchais en avant, tendant l'oreille. Puis vers la fin, ils se sont approchés de moi. Jill était si jolie, avec ses longs cheveux blonds qui lui arrivaient à la taille, une vraie jeune fille, ravissante. Elle a ri et m'a poussée du coude en disant : « Tu n'en as pas encore fini avec nous ! » Elle m'a presque adressé un clin d'œil, comme s'il s'agissait d'une bonne plaisanterie. Et ils se sont éloignés.

Je me demande ce que ça veut dire. J'aimerais savoir ce qui arrivera, comment elle sera. Étendue sur mon lit, je pense à elle à des âges différents, j'essaye d'imaginer son premier professeur, son premier flirt, et puis tout se mélange avec mon propre passé et je ne sais plus si je suis en train d'évoquer des souvenirs ou de songer à l'avenir.

Sam rentre tard dans la nuit, après le spectacle. Il ne fait aucun bruit, s'efforçant de ne pas me réveiller, mais en général je ne dors pas. Je passe tellement de temps au lit dans la journée, à somnoler à demi, que la nuit je n'arrive pas à trouver le sommeil. En plus, depuis le cambriolage, j'ai un peu peur la nuit. Je me sens soulagé quand Sam arrive.

— Bonsoir ! je dis doucement.

— Bonsoir, ma chérie.

— Comment ça a marché ?

— Pas mal… On a chanté la nouvelle chanson. Je crois qu'elle a très bien passé la rampe.

— Le public était bon ?

— Assez, oui… Mais ils sont tellement bruyants, quelque-fois… (Il va chercher une bière.) Tu en veux une ?

— Oh oui.

— Jill a été sage ?

— Tout à fait, un peu trop vivace peut-être… Elle voulait que je lui lise des histoires, alors je lui en ai lues.

— Ne la laisse pas te fatiguer.

— Non, non, rassure-toi… J'aime bien lui faire la lecture.

— Comment va ta poitrine… Elle…

— Pareil, plus ou moins.

Nous parlons avec une sorte de réticence. Que pourrions-nous encore nous dire ? Nous avons tout dit, tout essayé, nous avons fait de notre mieux. Ce qui existait entre nous était d'une rare qualité et je suis heureuse d'en avoir eu conscience. Je me rends compte avec le recul que nous aurions pu essayer de faire mieux encore. Mais je sais que c'était bien ainsi, même les moments difficiles.

— Tu veux que je joue un peu pour toi ?

— Oui.

Jill ne se réveille jamais quand Sam joue. Il chante tout doucement. Quand il chante, je sens qu'il exprime tout ce qu'il n'arrive pas à dire. La musique flotte de lui à moi comme une voix, pour traduire une foule de choses pour lesquelles il n'existe pas de mots.

Je suis à court de mots. La mort est maintenant trop proche de moi. Je tourne la tête vers Jill et ça me fait mal, ça me crucifie de savoir que bientôt nous allons nous perdre. J'ai épuisé toutes les façons de parler du malheur. Je regarde Sam. Je regarde son visage. Je pense qu'il va me perdre. Et que je vais le perdre. Je contemple ses traits réguliers. Je vois chaque pore de sa peau. Je connais par cœur chacune de ses cicatrices. Son odeur, sa respiration quand il dort. Tu vas tellement me manquer, mon amour. Ta façon de me toucher et de me consoler quand je suis triste. Ta façon d'aimer et de sourire. Ta façon de danser de joie quand tu es heureux. Je n'ai pas peur, mon chou, mais je suis en pleine confusion. Qu'est-ce qui nous arrive ? Où est-ce que je vais ? Je voudrais en un sens pouvoir dire avec une certaine conviction que je vais au ciel. Ce serait tellement plus facile. Mais étant devenue tellement humaine tout au long de ma vie, je ne pense pas que le ciel me plairait. Je ne pense pas que j'aimerais une aussi écrasante perfection.

Je ne peux pas mourir et vous laisser, vous autres ! Qui va gronder Jill juste sur le ton qu'il faut pour l'envoyer faire la sieste ? Qui va dire à Sam, juste sur le ton qu'il faut « Mon chéri, je t'aime »? Qui va nettoyer les cabinets ou le four ? Qui va penser à vermifuger la chatte ? Mais qu'est-ce qui vous prend, Seigneur Dieu ? Ma famille n'est pas une bande de boy-scouts qui peut arriver par elle-même à trouver les réponses à ce genre de questions. C'est ce que vous m'avez appris à faire. C'est pour ça que je suis ici. Pourquoi obliger Sam et Jill à tâtonner pour trouver la solution de problèmes dont ils ignorent même l'existence ? Il faut vraiment que vous soyez débile, Seigneur, pour nous avoir joué un pareil tour ! Surtout quand vous savez que je me fiche d'aller au ciel ou en enfer pour vous l'avoir dit. Qu'avez-vous à y gagner ? Vraiment, je ne comprends pas.

C'est drôle de penser que d'ici quelques jours, je ne serai sans doute plus ici. Combien de temps encore puis-je respirer avec mes poumons pourris ? Je souffre maintenant, je souffre tellement. Je me sens bien, en dehors de cette souffrance. Je voudrais être à la montagne. J'espère qu'on m'y emmènera quand je serai morte.

Je suis si lasse de tout ça. Si lasse de recevoir des lettres, des fleurs, des cadeaux. J'espère que je ne suis pas trop amère. C'est dur de continuer en sachant qu'on est en train de mourir. Surtout maintenant où je souffre tellement.

Ce sera sans doute d'ici une semaine au plus… Une semaine au plus… c'est tellement dur de se dire que c'est pour bientôt. Il y a tant de choses que je n'ai pas eu le temps de faire. Que va devenir mon livre ?

Lorsque j'attendais Jill, je me rappelle que j'avais préparé ma valise bien à l'avance pour être prête lorsque le moment viendrait. Si j'avais le choix, j'aimerais mourir chez moi, mais je sais qu'il y a peu de chances. Ce sera à l'hôpital. Alors j'ai préparé une valise, j'y ai mis mes poèmes et autres trucs. Je suis prête.

Est-ce que ce sera plus facile, si je suis loin de chez moi, de Jill, de Gipsy ? Me serai-je ainsi rapprochée encore de la mort ? Je ne sais pas. Si une deuxième vie m'est accordée, j'espère que je serai un chat. J'aimerais être là, à dormir au soleil, à me frotter contre la jambe de Jill. Ça doit être agréable d'être un chat. Ou même une plante. De pousser au soleil. Ça ne doit pas être mal, non plus.

— Kate, tu veux ton cachet ?

C'est Sam. J'ai dû m'assoupir pendant qu'il jouait. Mais je ne dormais pas vraiment, j'entendais vaguement la musique.

J'avale le cachet avec une gorgée de bière.

— Tu vas bien dormir maintenant, dit Sam en me bordant.

Ces dernières nuits, Jill a fait de mauvais rêves et s'est réveillée. Une fois, j'ai dormi sans rien entendre et c'est Sam qui m'en a parlé le matin. C'est difficile de savoir si elle a vraiment des cauchemars. Elle se réveille et vient dans notre lit, ayant besoin de réconfort. Je n'aime pas l'idée de dormir trop profondément pour l'entendre. Je veux être là si elle s'éveille de nouveau.

Il règne un tel silence…

— Maman ?

C'est Jill, debout à côté du lit. Je tends les bras vers elle et brusquement une sorte de mur se dresse devant moi et j'ai l'impression qu'un sac est rabattu sur ma tête. J'étouffe ! J'étouffe !

Sam !

*Parmi les nuances pastel
d'un hiver radouci
je cherche ta main à tâtons
Je veux toucher, entendre, voir,
comprendre
pourquoi l'existence
doit se poursuivre
dans la solitude
d'un autre pays.*

Je suis à l'hôpital. Je n'en ressortirai pas.

Mais je peux respirer, du moins. Ils ont fait je ne sais quoi pour nettoyer mes poumons. Que s'est-il passé la nuit dernière ? Je ne peux pas me rappeler. Jill était près du lit, j'ai voulu parler et puis j'ai brusquement basculé dans le noir.

Je me sens plutôt bien maintenant. Endormie, lointaine. Ils ont dû me donner quelque chose pour m'empêcher de souffrir. C'est bien ainsi.

— Alors, comment te sens-tu ?

C'est Sam, qui essaie de sourire.

— Ça va... C'est formidable de pouvoir respirer de nouveau.

— J'ai apporté mon rival.

Il pose le magnétophone près de moi.

Je le regarde. Ma merveilleuse machine. Ai-je dit ce que je voulais, quelque chose qui en vaille la peine, qui puisse aider Jill ? Si je n'ai pas réussi, j'aurai du moins essayé. Maintenant, je n'en ai plus la force.

Quand j'ouvre les yeux de nouveau, Sam n'est plus là. Je ne sais pas si j'ai dormi ou non. Nora est assise à côté de mon lit.

— Sam a dû aller travailler, dit-elle.

— Oui, je crois qu'il a dit... Je ne me rappelle pas... Où est Jill ?

— La dame du dessus a dit qu'elle allait la garder.

— Je m'inquiète tellement pour elle !

— Tu ne devrais pas, Kate.

— Mais est-ce que Sam s'en occupera ? Je ne veux pas qu'elle aille à l'orphelinat... Comment pourrait-il ? Il a son travail. Elle n'est même pas de lui. Pourquoi l'aurait-il sur les bras jusqu'à la fin de son existence ? Après tous ces embêtements avec moi. Ça suffit bien comme ça. Quand je serai morte, il devrait tout bêtement s'en aller et tout laisser tomber.

— S'il le fait, je prendrai Jill. Si tu veux bien.

— C'est toi ou le Dr Gillman... Mais je suppose qu'elle a trop à faire.

— Je l'élèverai bien, Kate.

Je la regarde. Ses longs cheveux noirs. Son drôle de sourire. Puis je pense à la mère de Sam, son opposée. Si on pouvait les mélanger toutes les deux en les secouant au fond d'une bouteille, on obtiendrait exactement la personne qu'il faut.

— Si seulement Pat était plus âgée... Mais je ne sais pas si elle veut se charger d'un enfant déjà... Elle n'est même pas sortie du lycée.

— Qu'est-ce qu'il y a chez moi qui te gêne ?

Je ne peux pas m'empêcher de sourire.

— Tu es un peu bordélique.

— C'est vrai.

— Tu... tu as couché avec Sam.

Son visage change.

— Deux fois seulement, dit-elle. Tu trouves que c'était un tel crime étant donné les circonstances ?

— Peut-être pas... J'ai des réactions de petite bourgeoise... Mais je veux que Jill mène une vie stable et ordonnée. Tu as été parfaite avec elle, Nora. Je te remercie.

— Ça ne m'a pas coûté.

C'est drôle de penser que bientôt je ne serai plus là. Je me sens bien, sauf que j'ai du mal à respirer. Je me demande si j'ai bien dit ce qu'il fallait à Nora. Qu'est que je lui ai dit ?

— Nora, je...

Mais elle n'est plus là. Je ne me souviens pas l'avoir vue partir. Lui ai-je dit adieu ? Sam se tient près de la fenêtre.

— Tu mettras le couvre-pied dans le coffre ? Je n'ai pas eu le temps.

— D'accord.

— Et les bobines...

— Je les ferai taper et relier.

— J'aurais dû les classer. Tu ne vas jamais réussir à t'y retrouver. Je suis si mal organisée.

— Mais non, pas du tout.

— C'est tellement rasant, de mourir.

— Ne t'inquiètes pas... Je ferai ça très bien.

Son visage s'éloigne, très lentement. Est-ce qu'il s'en va ?

— Sam ?

— Quoi, ma chérie ?

— Tu peux appeler le Dr Gillman ?

— Kate... attends...

Son visage se précise à nouveau. Il a l'air absolument terrifié.

— Tu n'arrêtes pas de disparaître et de resurgir... Comme un trucage dans un film...

— Le Dr Gillman arrive.

— Pour Jill...

— Je m'occuperai de Jill. Pour qui me prends-tu ?

— D'accord.

— Je l'aime.

— Épouse une fille... qui sera gentille avec elle.

— Arrête de me brader et de me refiler à d'autres... Je suis marié avec toi.

C'est étrange. Il ne peut pas accepter. Il est terrifié.

— Qu'est-ce que vous voulez pour le déjeuner, Kate ? demande le Dr Gillman.

— Un calmant... Mais ne me donnez pas d'autres drogues pour me prolonger.

— Je vous le promets.

— Je veux mourir à mon heure, d'accord ?

Elle acquiesce d'un signe de tête.

— Je ne peux pas supporter ça, je suis désolé, je... commence Sam et il sort en courant.

Je tourne la tête vers la doctoresse. Nos regards se croisent.

— Qu'est-ce que je vous avais dit ?... Monsieur Courant d'Air.

— C'est dur de regarder mourir quelqu'un, dit le Dr Gillman. Plus dur peut-être que de mourir.

Adieu Sam.

À quoi je pense ? À rien de spécial. À des amis, à des chiens que j'ai eus, à des endroits où je suis allée. Je pense à ma petite fille, qui a juste deux ans, une petite créature robuste avec des cheveux blond doré et une attitude envers la vie qui me remplit d'humilité. Je pense à la mort, je pense à moi, et je sens la rage m'envahir à l'idée que bientôt je n'existerai plus. C'est dur en ce moment. Très dur. Je ne cesse de me répéter, laissez-moi voir le jour se lever encore une fois. J'ai encore tellement de choses à dire à Jill. C'est tellement important.

Adieu, Jill. Jill, mon amour, mon petit amour. Tâche d'être heureuse, bébé...

— Sam est là ?

— Il est peut-être dans la salle d'attente. Je vais aller voir.

Je sais qu'il n'y est pas.

— Ma mère est là ?

— Non... Vous voulez que je l'appelle ?

— Restez avec moi... Je voulais être courageuse. Mais maintenant... Vous voulez bien me tenir la main ?

Le Dr Gillman approche une chaise de mon lit et me prend la main.

— Est-ce qu'il y a quelque chose dont vous aimeriez parler, Kate ? Quelque chose dont vous voudriez que je m'occupe ?

Elle semble être si loin de moi, bien que j'entende sa voix. Je ferme les yeux, c'est plus facile. J'étais vierge quand j'ai épousé David. Toutes ces choses dont maman m'a accusée... J'étais fière d'être restée vierge parce qu'elle m'avait appris qu'il le fallait, et je l'aimais et je la croyais. Même quand elle ne m'a pas crue, j'ai continué à la croire... Comment a-t-elle pu m'accuser d'être une traînée ? J'ai tellement mal... Je veux que ma maman me console...

— Maman...

— Je le lui dirai.

Je me demande pourquoi Jill est là, pourquoi ils l'ont amenée. Je ne savais pas qu'on laissait entrer les enfants. Elle est si charmante, en train de jouer dans son coin. Je ne pense pas qu'elle me voit. Elle construit je ne sais quoi avec ses cubes, une maison, peut-être bien. Un rayon de soleil joue dans ses cheveux. J'ai toujours eu envie d'une petite fille aux cheveux blonds.

Le 10 novembre, Katherine Hayden
est morte à la Niles Clinic de Vancouver.
Elle avait vingt ans.

205